아무튼, 게스트하우스

아무튼, 게스트하우스

장성민

위고

차례

우울과 게스트하우스

이상한 우울이 있다. 작은아이는 알 수 없는 말을 끝없이 재잘거리고 큰아이는 목에 매달려 같이 놀자고 보채는 저녁, 갓 지은 밥과 된장찌개의 따뜻한 냄새가 가득한 공간에 내 몸은 놓여 있다. 인생을 바꿔놓을 만한 소득이 있었던 것은 아니지만 그런대로 괜찮은 하루였다. 아이가 바닥에 놓인 언니 장난감을 집으려다 균형을 잃고 엉덩방아를 찧더니 내 눈을 보며 울음을 터뜨린다. 나는 그 작고 말랑말랑한 몸을 번쩍 들어 올려 팔로 받치고 왼쪽 가슴에 안아 엉덩이를 토닥토닥 두드린다. 아이는 이내 울음을 그치고 엄지손가락을 빨며 온몸을 맡겨온다. 아내는 맥주를 마실 것인지 묻는 동시에 퐁 하고 뚜껑을 따더니 웃는다. 큰아이는 어린이집에서 배운 노래를 흥얼거린다. 일상에서 조용히 빛나는 시간. 그러나 그때 문득 우울함이라는 연기가 새벽의 치통처럼 내 폐 속으로 스며드는 것이다. 아무런 전조도 인과관계도 없이.

어른이기 때문에 나는 일단 식탁에 앉아 맥주와 밥과 찌개를 먹기 시작한다. 아이들 입가에 묻은 음식을 닦아주고 틈틈이 물도 먹인다. 저녁식사는 영원히 계속될 것 같지만 결국은 끝난다. 아내가 작은딸을 씻기는 동안 나는 큰아이를 맡는다. 꼼꼼히 씻긴 뒤 머리카락을 말리고 빗어주고 나서 예쁘다고 칭찬

하는 것도 잊지 않는다. 잠옷으로 갈아입힌 다음 아까부터 하자고 보채던 게임을 같이 하고 나니 아홉 시 반, 좀 더 놀고 싶다는 아이들을 침대에 밀어 넣고 동화책을 읽어준다. 책으로 끝나면 다행이지만 옛날얘기까지 지어내야 할 때도 있다. 그렇게 열 시도 한참 넘어서야 나는 마음껏 우울해할 수 있게 된다.

아니다, 아직 아내가 남았다. 맥주를 한 병 더 따서 아내에게 간다. 오늘 있었던 시답지 않은 우스갯거리를 펼쳐낸다. 아내는 기분 좋게 웃어준다. 이어 그녀는 어린이집 돌아가는 사정이며 곧 다가올 식사모임 준비에 대해 이야기한다. 나는 고개를 끄덕이며 "와, 괜찮은데" 또는 "아니, 그런 말을 하다니, 그건 좀 너무하잖아" 하고 적당한 추임새를 날리며 잔에 담긴 맥주를 홀짝인다. 그렇게 열두 시가 다 되어 아내는 자러 가고 이제 나와 잔뜩 달아오른 나의 우울만이 남아 밤을 보내게 되는 것이다.

다시 말하지만 우울할 이유 같은 건 어디에도 없다. 큰아이 말버릇대로 '이 세상에서 제일'이라고까지는 할 수 없을지 몰라도 행복이라고 부르기에 부끄럽지 않은 인생의 소중한 하루였다. 하지만 그런 사실과는 아무 상관없이 내 우울은 빛이 들지 않는 심해의 아귀처럼 바다 모래 속으로 파고들어 웅크리며 깊어져간다.

명백한 이유가 있다면 나을 것 같다. 최소한 그 우울함의 이유가 분명하다면, 해결될 가능성도 조금 이지만 있을 테고, 스스로를 답답해하는 대신 원망하며 책임을 떠넘길 대상이라도 생길 테니까. 예를 들면 사랑하는 사람이 떠나버렸거나, 사업이 실패해 갚을 수 없는 빚을 떠안게 되었거나, 나를 죽도록 미워하는 누군가와 얼굴을 맞대고 살아가야 하는 상황 같은 것이라면 차라리. 아니다, 생각해보니 그 정도는 아니다. 그러면 세상에 상처 입은 분들에게 너무 죄송해진다. 나날의 모욕을 감내하는 마음에 나는 고개 숙인다. 다만 작은 상처건 큰 상처건 아파하는 밤의 어두움은 마찬가지로 깊다는 이야기를 하고 싶었다.

기억으로는 철들고 나서 1년에 한두 번씩 이런 이유도 없는 우울함이 찾아왔던 것 같다. 일상에 조금씩 무감각해지고 아무것도 더는 하고 싶지 않은 무력감. 1년에 몇 번일 때도 있고, 전혀 기억에 없을 때도 있지만 아무튼 우울함은 잊지 않고 나를 찾아왔다.

좀 더 어렸을 때는 무척 괴로워했다. 물론 지금 이라고 전혀 덜 힘든 건 아니지만 이제는 그런 순간이 올 때 의지할 수 있는 어떤 가능성과 그에 대한 상상을 이용하는 법을 알고 있다. 지금과는 다른 곳에서 이것과는 다른 방식으로 보낼 수 있었던 시간에 대한 상상. 어떤 사람에게는 그것이 맛집이나 친구와의 술자리일 것이고, 다른 이에게는 노래방이거나 쇼핑몰이며 어떤 경우에는 심지어 젊은 여자나 남자가 나오는 술집일 수 있겠지만 나에게 그것은 우연히 게스트하우스라는 형태를 띠게 되었다.

거실 소파에 누워 숨을 깊게 들이쉬고 내쉬며 천장의 어둠을 응시한다. '지잉' 하는 냉장고 소리, 창밖의 바람 소리가 새삼스럽다. 음악에도 책에도 집중할 수가 없다. 담배도 술도 맛을 알 수 없다. 스물일곱 개의 카톡이 와 있지만 확인하지 않고 전화기를 끈다. 아무도 나를 이해할 수 없을 것 같은 기분이 되어 한껏 웅크린다. 잠이라도 좀 잘 수 있다면.

몇 시인지도 알 수 없는 새벽, 문득 머나먼 게스트하우스의 기억이 나를 찾아온다. 찐득거리는 나무 탁자 주위로 흰색 플라스틱 의자를 놓고 둘러앉았던 우리들, 어떤 이는 담배를 어떤 이는 맥주를 들이켜며 사그라드는 오후 햇살을 쬐던 듬성듬성한 잔디 마당.

웃음요가 지도자 코스를 방금 마치고 왔는데 자기의 첫 제자가 되지 않겠느냐고, 백 루피만 내라고, 빨간 얼굴로 진지하게 마케팅을 하다가 모두가 웃어버리자 어리둥절한 자신감을 품게 된 제이미, 일주일의 휴가 중 왕복항공편에 이틀을 써가며 예전에 좋은 시간을 보냈던 게스트하우스를 다시 찾았다는 다카시, 2년째 이층 끝 방에 묵으며 명상과 요가로 시간을 보내고 있다는 얼굴이 눈처럼 하얗던 교코, 기계공장에서 일하다가 돈이 모이면 곧장 그만두고 여기로 달려와 돈이 떨어질 때까지 머무는 패턴을 몇 년째 반복하고 있다는 뷔에너, 늘 남의 이야기를 잘 들어주던, 아테나 여신 같은 외모가 그 아름다움을 의식하지 않는 태도로 더욱 빛나며 주변을 환하게 만들던 안나.

우리는 인도의 작은 마을, 그 낡고 찾기도 어려운 게스트하우스에서 우연히 만나 예상치 못한 밀도 있는 시간을 함께 보냈다. 바람이 몹시 불고 비가 많이 오다가 갠 어느 밤, 어째선지 감상에 빠진 우리들은 하나둘 자기의 숨겨진 얘기를 꺼내놓았고, 마음이 언어의 경계를 넘어 서로에게 전해지는 경험을 했다. 나는 심지어 옛날 여자친구와 헤어지던 때의 얘기를 하다가 울음을 터뜨리고 말았다. 이상하게도 갑자기 눈물이 쏟아져 교코와 안나가 등을 쓸어주며 위로를 해줬는데, 그게 또 기분이 괜찮아서 조금 더 울었다.

그때의 느낌에 잠겼다 떠올랐다 하고 있을 때,

아내가 물을 마시러 나왔다.

"아직 안 자고 뭐 해?"

"응, 생각 좀 하느라고."

"이 시간까지?"

"내일 나 쉬는 날이잖아. 먼저 자. 좀 있다 잘 게."

"그래, 금방 안 잘 거면 저기 빨래 좀 개줘."

"알았어. 잘 자."

그녀가 들어가버리자 물론 빨래에 대한 것은 잊어버린다.

또 다른 기억. 낡고 지저분한 기차를 타고 방콕에서 멀지 않은, 태국의 옛 수도 아유타야에 도착했던 날은 여럿에게 둘러싸여 맞는 뭇매처럼 뜨거웠다. 어떻게 해도 피할 수 없을 것 같으니 차라리 포기하고 몸을 내맡기게 되는 압도적인 에너지의 폭주가 하루 종일 계속 되던 그날, 나는 지금은 기억할 수 없는 이유로 무척 외로웠다.

고행의 배낭을 메고 방향도 없는 길을 떠돌이 중처럼 묵묵히 걷고 있을 때 기적과도 같이 눈에 들어온 골목 안쪽의 게스트하우스 간판. 내 지친 몸은 원래 그곳을 목표로 하고 있었다는 듯, 한 치의 흐트

러짐도 없이 방향을 전환하더니 그리로 향했다. 정작 애초에 그 동작을 지시했어야 할 두뇌는 어리둥절하여 발길을 따라가며 다급히 '그래, 여기도 나쁘지 않겠는데' 하고 사후 승인을 내리고 있었다.

들어가보니 특색 있는 분위기는 아니었지만 깔끔해 보였고, 나무 그늘이 드리운 넓은 정원이 있었다. 정원 한 켠 처마 밑에는 대형 선풍기가 돌아가고 있었다. 축 늘어져 보이는 주인장이 중환자실 환자 같은 걸음으로 나오더니 열쇠를 주며 말없이 방 쪽을 가리켰다.

내 방은 특별히 좋지도 나쁘지도 않았지만 베란다가 넓은 점은 마음에 들었다. 샤워를 하고 마당으로 나와 차가운 콜라를 한 병 사 마시며 선풍기 앞에 몸을 맡긴 채 멍하니 앉아 있었다. 하나둘 여행자들이 내 옆을 지나치며 드나들었다. 주로 일본인들이 모이는 숙소인지 일본어가 많이 들렸고, 끊임없이 고개를 끄덕이거나 웃음을 터뜨리는 일본식 대화 매너가 사방에 난무했다. 나는 조용히 티셔츠를 바닥에 벗어놓고 오랫동안 선풍기 앞을 떠나지 않은 채 일본 같기도 하고 태국 같기도 한 분위기에 젖어갔다.

저녁 무렵, 몇몇이 시장에서 생선과 새우, 삼겹살 같은 것을 잔뜩 사 가지고 오더니 한쪽 구석에서

숯불을 피우기 시작했다. 종이를 태우고 부채질을 하고 시끌벅적 난리를 치는데 불은 붙지 않고 온 마당에 연기만 가득 피어올라 눈이 매웠다.

"저기, 그 불 내가 좀 피워볼까?"

"어, 일본 사람이 아니었네. 당신 어느 나라 사람이야?"

"한국."

"아, 불고기의 나라에서 왔군. 좀 부탁해."

"야, 잘됐다", "대단하다", "본고장이래", 어쩌고저쩌고 하는 여자애들의 새된 환성이 이어졌다. 나는 나무 두 개를 나란히 놓고 그 위에 숯을 쌓아 올린 후 불붙은 종이를 밑으로 차례차례 집어넣는 방식으로 비교적 간단히 숯에 불을 붙였다. 그리고 자연스레 바비큐 파티에 초대받았다.

다국적 술자리에 한두 명 낀 일본인들의 조심스러운 모습과는 달리 일본인들끼리의 술자리는 거칠 것 없는 난장판이었다. 술이 들어가자 그들도 한국인 못지않게 시끄럽다는 것을 금세 알 수 있었다. 쉰 목소리로 장난스러운 노래를 불렀고, 어디선가 태국 전통의상을 구해 와 갈아입고 패션쇼를 하는가 하면 모두 일제히 한 가지 포즈로 사진을 찍었다. 게임을 해서 손목을 맞으면 소리를 지르며 바닥을 뒹굴었다.

분위기는 점점 술기운 오른 동아리 엠티와 비슷해져 갔다. 일본어를 알지 못했지만 그들과 함께 웃으며 편안한 기분으로 밤을 보내는 동안 외로움이 조금씩 떠나버리는 것을 느꼈다. 그런 기억이다.

그렇게 오래전 만남의 기억이 하나둘 떠오르고 사라지는 사이, 해결되지 않았지만 더 이상 그것이 전부이지는 않은 우울함을 안은 채 나는 슬며시 잠이 든다.

어쩌면 다르게 살 수 있었다는 가능성이 현실의 우울함에 무슨 도움이 되겠느냐 할지 모르지만 이상 하게 도움이 된다. 그것은 우울이란 게 꼭 지금의 삶 이 괴롭거나 참을 수 없어서 찾아오는 게 아닌 것처 럼 논리나 이유 없이 나를 달랜다. 그렇다면 굳이 모 든 걸 선명하게 알아야 할 필요가 있나. 검은 고양이 든 흰 고양이든 쥐만 잡으면 된다는 덩샤오핑의 웃음 같은 그날 밤, 우울을 달래는 게스트하우스가 꿈이라 는 형태로 나를 찾아온다.

잊힌 도토리의 숲

게스트하우스의 훌륭한 점은 과거의 기억에만 있는 것은 아니다. 그것은 오히려 앞으로 일어날 일에 대한 기대와 맞닿을 때 더 빛난다. 그 공간에서 알게 될 지금은 모르는 사람들, 생각조차 못한 사건들 그리고 그런 일들을 겪으며 내 속에 숨어 있던 여러 가지 모습을 만나는 일.

좋은 게스트하우스를 찾을 수 있다면 목적지야 어디라도 좋다. 화장실이 딸린 아담하고 깨끗한 방. 방에는 작은 서랍장과 거울, 쓰레기통이 하나씩 있고 풀과 나무와 하늘이 보이는 베란다가 있다. 욕실에서 따뜻한 물이 나오면 좋겠지만 모든 것을 다 가질 순 없겠지. 하얀 시트와 알록달록한 담요는 어째선지 항상 매트리스 밑으로 깊이 들어가게 접혀 있어 누운 채로 그걸 빼느라고 애를 먹는다. 침대 머리맡에는 출처를 알 수 없는 그림이 걸려 있고, 그 위에는 귀여운 도마뱀이 한 마리 붙어 있어도 좋다.

1층으로 내려가면 리셉션 겸 사랑방이 있어 냉장고에 시장에서 사온 과일이나 음식을 보관할 수 있다. 물론 맥주도. 그 옆 벽에는 손으로 그린 지도와 동행을 구한다는 쪽지와 온갖 쓸데없는 정보들이 늘어서 있고 그 밑으로는 주인 가족과 함께 무슨무슨 파티를 할 때 찍었다는, 인종은 달라도 어쩐지 모두 친척 같아 보이는 여행자들의 사진이 다닥다닥 붙어 있다. 체크인은 한 시, 체크아웃은 열두 시라고 쓰여 있지만 그거야 사정에 따라 아침이 될 수도 저녁이 될 수도 있는 곳. 밤이면 정원이나 사랑방에 딱 하나 놓인 테이블에 달리 갈 데 없는 여행자들이 모이고, 그 밑에는 늙은 개와 동네 고양이들이 모여 친구가 되는 곳.

안녕, 날씨 좋네, 난 벌써 일주일째야, 넌 어디서 왔니, 한국, 캐나다, 노르웨이, 자메이카, 우체국 앞 노점의 바나나팬케이크 먹어봤어? 꼭 먹어봐, 끝내주더라, 뭐, FC 바르셀로나 팬이라고? 그럼 우린 형제로군, 파타야라니 무슨 소리야? 당장 때려치우고 라오스 남부로 가, 안 돼, 거긴 유령이 나온다니까, 어때, 저녁에 맥주 한 잔? 아니 뭐 저녁까지 기다릴 거 있나 지금 당장이라도. 지치지도 않고 반복되는 똑같은 이야기들.

주인 가족은 특별히 오지랖이 넓지도 그렇다고 불친절하지도 않은 정도가 좋다. 친구가 놀러 왔을 때 같이 놀려고 끼어들지 않고 가끔 간식 정도 챙겨주는 부모가 최고인 것처럼. 숙소 근처에 조그만 야시장이 있고, 아주 멀지 않은 곳에 바다나 강이나 호수가(정 안되면 수영장이라도) 있어 자전거를 타고 가서 수영할 수 있으면 더할 나위가 없겠다.

　그 정도다. 내가 원하는 것은.

　그런 곳에서는 한국에서의 일이나 돌아갈 일정이 어쩐지 잘 떠오르지 않는다. 절박하게 나 자신을 주장할 능력도 의사도 시간이 지나며 점점 사라져간다. 대신 세상에 대한 관대함과 자신도 몰랐던 천진함이 슬그머니 고개를 드는 것이다.

　첫날 복도에서 마주친 옆방 사람의 '헬로우'에 대답할 타이밍을 놓쳐 뒤통수에 대고 조그맣게 '하이' 했던 내가 어느새 먼저 웃으며 인사를 건네고 있다. 나라기보다 인사 쪽에서 먼저 알아서 나온다고 할까. 도토리를 숨겨놓고 잊어버려 결국 상수리 숲을 키우고 마는 다람쥐들처럼 어릴 적에 어딘가 묻어두고 그대로 잊어버렸던 아이의 마음, 유머 감각, 어쩌면 순수한 자신감이라고도 부를 수 있을 만한 어떤 것이 내 속의 숲에 하나둘 싹을 틔운다.

　물론 경우에 따라서는 자기 속으로 더 침잠할 수도 있다. 조용히 하루 일을 돌아보며 웃거나 십몇 년 만에 수줍은 일기를 써볼 수도 있다. 아, 나는 이런 사람이었구나 생각하기도 하고, 무심코 노래를 듣다가 날카로운 송곳에 찔린 듯 주르륵 눈물이 터지기도 한다. 화를 내는 것도 가능하다. 좁은 방에 처박혀 자꾸만 끊기는 와이파이를 욕하며 한국에 있는 친구에게 '아무것도 계획대로 되지 않는 이딴 나라 따위' 하고 불평을 늘어놓을 수도 있다. 주인이나 옆방 사람과 작은 일로 부들부들 떨며 싸우고 그곳을 떠날 수도 있다.

모든 것을 자신이 선택하고 책임져야 하는 상황에서는 그 '자신'이라는 존재가 더 자주, 더 강하게 드러나게 마련. 그런 드러남은 상처가 되기도 하고 치료가 되기도 하지만 어떤 경우라도 최소한 자신을 볼 수는 있다. 그리고 진짜 여행은 거기에서 시작될 수밖에 없는 것이다.

사랑받는 느낌이 드는 방

낯선 도시에 도착해 게스트하우스를 고를 때의 느낌을 좋아한다. 거기에 들이는 시간과 노력은 어쩐지 전혀 아깝지 않다. 인간의 일이 다 그렇듯이 각자 자기의 방식이 있을 것이다. 마을에서 제일 싼 방을 찾아다니는 인간도 있고, 베란다에서 보이는 경치가 우선인 인간, 텔레비전의 채널 수나 매트리스의 단단한 정도가 제일 중요하다는 인간도 분명히 있다.

내 경우에는 처음 방에 들어섰을 때의 느낌을 우선으로 친다. 아무리 후줄근한 숙소라도 그 집에서 제일 좋은 방이 있기 마련이며 그런 방은 보여주는 사람의 표정이나 설명하는 태도에서 벌써 조금 짐작할 수 있다. 들어섰을 때 따뜻하고 사랑받는 느낌이 드는 방이 가끔 있는데 그런 방을 잡을 수 있다면 그 여행은 반 이상 성공이다. 정원이나 사랑방에 여행자들이 모여 있고, 뭔가 시끌벅적하게 웃고 있다면 그곳은 좋은 게스트하우스일 때가 많다. 물론 그들이 웃고 있는 이유가 당신의 패션 센스 때문이 아닐 때 그렇다는 얘기다.

방으로 올라가 침대 옆에 무거운 배낭을 내려놓을 때 바닥에 털썩 닿는 느낌, 어깨가 가벼워지며 '아' 하고 저절로 튀어나오는 안도감, 베란다에 앉아 난간에 발을 걸치고 담배에 불을 붙이는 순간 찾아오는 안심과 자기신뢰. 결국 그런 순간순간이 모여 당신의 여행이 된다.

우선 짐을 대충 풀고, 창을 모두 열어 방 안의 공기를 바꾼다. 샤워를 하고 나와 책과 옷가지와 자질구레한 물건들을 사용하기 편한 곳에 정리한다. 침대에 누워 책을 편다. 그럴 때 내가 좋아하는 책은 러시아의 고전들이다. 길고 헷갈리는 이름으로 가득한, 언젠가 끝나긴 할까 싶은 두께의 도스토예프스키나 톨스토이는 하릴없는 게스트하우스의 나날과 좋은 궁합을 이룬다. 책도 여행도 결국은 끝나리라는 걸 알고 있지만 당장은 그것을 미루고 싶은 마음 때문인지도 모르겠다. 또는 러시아 고전 특유의 고상함과 비천함이 다투는 모양새가 집을 떠난 나의 마음에 뭔가 호소하는 바가 있어서인지도.

책이 지겨워지면(대개 금방 지겨워진다) 책장을 접어 베개 옆에 던져놓고 방문을 열고 계단을 내려가 앞으로 며칠 살게 될 집과 그 집에 딸린 것들을 둘러본다. 그 동네에서 흔히 볼 수 있는 꽃들이 건강하게 자라고 있는 꽃밭이 있다면 그곳은 대개 좋은 게스트하우스다. 그 집에 꽃을 가꾸는 사람이 살고 있기 때문이며 꽃을 제대로 가꾸기 위해서는 좋은 마음이 필요하기 때문이다. 정원의 개와 고양이가 사람을 무서워하지 않고 잘 따른다면 그것도 좋은 신호다. 뒤뜰을 둘러보다 마주친 어린아이가 수줍게 웃으며 집으로 뛰어 들어가고 아이를 부르는 엄마의 목소리에 짜증이 아니라 사랑의 냄새가 실려 있다면, 당신은 노을 지는 저녁 밥 먹으라고 당신을 부르던, 그때만 해도 젊었던 엄마를, 아주 오랜만에 떠올릴 수 있게 될지도 모른다.

게스트하우스를 둘러보다가 주인장과 마주치면 동네에 대해 넌지시 물어보자. 보통은 가볼 만한 곳이나 가까운 시장, 맛있는 식당을 친절하게 알려주는데 그러다 의외의 대박 정보를 건지기도 하니까. 그 또는 그녀가 나에게 정보를 주려는 것인지 자기의 서비스를 팔 좋은 기회로 여기는지는 어차피 금방 알 수 있으니 너무 긴장할 건 없다. 우리는 언제나 더 좋은 곳을 찾을 수 있고, 마음 닿는 대로 방을 빼서 옮길 수 있는 나그네다. 정말 옮기지 않더라도 그런 가능성이 존재하는 것은 나쁘지 않다. 일주일 동안 머물 숙소를 모두 예약하고서야 떠날 수 있는 패키지 투어가 아니므로.

그러나 뭐니 뭐니 해도 좋은 게스트하우스를 찾는 일의 제일 큰 매력은 그런 수많은 가능성을 저울질하고 선택하는 동안 당신이 진짜로 어떤 사람인지 조금 알게 된다는 점이다. 그것도 별다른 노력 없이 어느 순간 그렇게 슥. 여행을 떠나기 전 무슨 쓸데없는 짓을 했고 어떤 아픔을 겪었더라도, 알고 보면 당신은 그리 나쁜 녀석이 아니며 또 잠깐의 아픔에 짓눌리지 않을 만큼 강하다는 걸 발견할 것이다. 또는 그렇게 착각할 수 있을 것이다.

누구에게나 일상에서 자기도 모르게 주워 쌓아 올린 쓰레기 더미가 있다. 어떤 계기가 있어 밖에서 그것을 바라볼 수 있게 될 때까지는 사실 그 존재를 알아채기도 힘들다. 그것은 그것대로 좋다. 그러나 가끔은 늘 달라붙어 있던 그 더미에서 한번 떨어져보자. 시간을 내서 좋은 게스트하우스와 좋은 사람을 찾아보자. 여행이 끝날 무렵 당신은 자신을 조금 더 좋아할 수 있을 것이고, 또 다른 여행을, 어쩌면 또 다른 삶을 꿈꿀 수도 있을 것이다. 조금 돌아갈지는 모르지만 그리 대단한 것을 잃는 것도 아니다. 어쩌면 삶이 준비한 선물을 조금 일찍 풀어보게 될지도 모르고.

결국 좋은 게스트 하우스는 좋은 마을에 있다. 그 마을에는 좋은 나무들이 곧게 뻗은 좋은 산이 있고 좋은 하늘 아래로 아이를 키우고 꽃을 가꾸는 좋은 사람들이 산다. 그곳을 찾아 좋은 시간을 보내는 것은 참으로 단순한 행복이다. 좋은 게스트하우스를 만들어가는 일 못지않게 좋은 게스트하우스를 찾아가는 일도 그만큼 소중한 일이라고 나는 믿게 되었다.

동네 탐험

좋은 게스트하우스를 골랐으면 이제 짐을 풀고 동네 탐험에 나설 시간이다. 편한 바지에 헐렁한 티셔츠를 걸치고 지갑을 챙긴 뒤 슬리퍼에 발을 끼우는 정도가 필요한 준비의 전부다.

아무렇게나 발길을 옮기다 아무도 없는 골목길로 천천히 들어선다. 음식 냄새와 먼지가 섞인 공기를 들이마시고, 우스운 간판을 사진에 담고, 길가에 누운 개를 쓰다듬기도 하다가 '나중에 저 식당 한번 가봐야지' 또는 '저런 곳에 세탁 서비스가 있었네' 하며 제법 실용적인 여행 정보도 수집한다. 노점에서 호기심에 다 먹지도 못할 고춧가루 뿌린 망고나 튀긴 바나나를 사고, 슈퍼에서 어차피 조금 후에 더 사러 오게 될 맥주를 봉지에 넣고 걷는다. 서편 하늘이 잿빛 섞인 분홍빛으로 물들기 시작하고 시원한 바람은 마을의 냄새를 멀리멀리 퍼뜨린다.

인간 마을의 소음이 정겨울 때가 있다. 오토바이는 좁은 길을 달리고, 반갑다는 것인지 싸우자는 것인지 골목 너머 목청 높은 대거리가 오고 간다. 전봇대 근처에서 지잉 하고 울리며 에너지가 이동하는 소리, 크고 무거운 자재들을 쿵쿵대며 자르고 연결하는 공사장의 소음, 물건을 선전하는 상인의 외침, 듣고 있어도 슬프지 않은 담장 너머 아이의 울음이 있다. 그 소리들은 무슨 뜻인지 알 수 없지만, 어쩌면 무슨 뜻인지 알 수 없기 때문에 더욱 정겹다. 돈을 벌고 살아가기 위해서 지금 그런 소리들을 만들어내야 하는 것이 내가 아니기 때문일까.

돌아가신 아버지는 예순둘에 처음 혼자서 배낭여행을 떠났다. 첫날 밤 숙소 정문을 빠져나와 호텔 앞에서 잠깐 망설이다가 한 방향으로 계속 걸었다고 했다. 계속해서 한 방향으로 거리가 끝날 때까지 걷다가 다시 그 길을 따라 돌아왔다고.

이국의 거리를 혼자서 다녀보고 싶은 마음, 그렇지만 길을 잃고 싶지는 않은 마음이었겠지. 어찌 보면 그냥 밤에 걸었다는 것뿐인 대수롭지 않은 이야기인데, 그 이야기를 들려줄 때의 아버지의 눈빛을 나는 아직도 자랑스럽게 기억한다. 모든 첫걸음은 그렇게 시작되는 것이고 그가 몇 살이건 어떤 인간이건 어디에선가는 우리는 첫걸음을 떼어야 하는 것이다.

산책에 나선 강아지가 끊임없이 공원 구석구석의 냄새를 맡듯이 인간은 새로운 곳을 둘러보고 싶어 한다. 전혀 모르는 동네를 한 방향으로 걸어보자. 가는 길에는 흥미가, 돌아오는 길에는 안심이 있을 것이다. 흥미와 안심, 인간을 움직이는 요소는 결국 이 정도인지도 모르겠다.

　숙소에서는 잠만 자고 아침 일찍 일어나 하루 종일 유명 관광지를 돌아다니는 단체관광에서는 만날 수 없던 진짜 여행이 그때 당신을 찾아올 것이다. 친구들에게 자랑스럽게 떠벌릴 얘깃거리는 없을지도 모르지만 그 사소한 탐험이 결국 당신의 일상에 위로가 되고 그리움이 될 것이다. 아무도 여태까지 당신이 쌓아올린 것 또는 쌓아올리지 못한 것에 관심 없는 거리를 걸으며 아직도 당신 안에 남아 있는 그 아이를 불러내보자. 낯선 공기를 마셔보고, 다른 사람들이 다르면서도 의외로 비슷하게 살아가는 모습을 보면서 웃어보자. 목적도 계획도 없이.

　흥미를 실컷 마셨으면 이제 안심을 찾을 차례다. 게스트하우스로 돌아가는 것이다. 탐험은 돌아가 쉴 곳이 있을 때 더 즐겁다. 맥주와 간식거리 혹은 좋은 사진 같은 탐험의 전리품을 안고 돌아오는 바쁠 것 없는 길, 저 멀리 당신이 골라둔, 당신의 친근한 흔적들이 기다리고 있는 게스트하우스 간판이 보이고, 향기로운 밤은 저녁을 잔뜩 먹은 아이의 졸음처럼 서서히 그러나 확실히 깊어간다. 당신은 안심하여 게스트하우스 문을 열 것이고 그렇게 또 다른 이야기 속으로 들어간다.

누군가에게 꼭 해야 할 이야기가
당신 속에서 나와준다면

게스트하우스에 돌아오면 바로 방으로 올라가지 않고, 정원이나 사랑방 같은 '친구 만나는 공간'에 자리를 잡는다. 그런 장소가 아예 존재하지 않는 게스트하우스는 거의 없지만 어쩌다 그런 곳에 묵게 되면 뭔가 빠진 듯한 기분이 들어 오래 머물지 못한다.

미끼를 던져놓고 마냥 기다리는 낚시꾼처럼 느긋하게 앉아 목에 걸린 하루치의 먼지를 맥주로 씻어낸다. 얼마 지나지 않아 슬금슬금 입질이 오기 시작한다. 정보 게시판을 살피거나 책을 가져와서 옆에 앉거나, 담뱃불을 빌리는 사람들…. 낚시꾼은 기회가 왔을 때 과감하게 낚아채는 법. "안녕. 난 오늘 도착한 성민이라고 해. 넌 어디서 왔어?", "아까 노을 봤어? 저 뒤쪽 언덕에 좋은 포인트가 있는데 말이야", "저녁은 먹었어? 맛있는 데 알면 나도 좀 알려줘."

당신과 대충 비슷한 하루를 보냈을 그들은 이 저녁 사랑방에서 당신과 대충 비슷한 마음일 것이다. 최소한 그렇게 착각한다고 심각한 죄가 되지는 않을 것이다. 인간이라는 동물에게 결국 필요한 것은 낮에 뛰어다닐 사냥터와 밤에 그 얘기를 들어줄 친구라고 하니까.

그들의 이야기를 듣고 당신의 이야기를 하는 것

은 생기면 좋은 일이라기보다 여행에 꼭 필요한 일이다. 그리고 당신이 어떤 사람인지 발견하는 아주 효과적인 방법이기도 하다. 이야기를 하다가 아주 강한 척하거나 감수성이 예민한 척하고 있는 나를 알아채는 일이 있다. 심지어는 영어를 원어민처럼 능숙하게 말할 수 있는 척하느라고 높은 톤으로 빨리 말하다가 화가 난 것으로 오해를 받기도 한다. 그 모든 것이 나의 모습이겠지만 대개 그런 가면은 시간이 지나면서 자연스럽게 벗겨지니 너무 신경 쓸 필요는 없다.

어쩌면 그 밤 당신은 전혀 다른 가면 속에 숨겨진, 당신과 무척 비슷한 한 인간을 마주치고 깜짝 놀랄지도 모른다. 어느 구름에서 비 올지 모른다고, 그렇게 기대를 훌쩍 넘긴 즐거운 시간을 한 번이라도 가지게 되면 그 기억은 생각보다 오래 당신 곁을 지킬 것이다. 그리고 만약, 아직은 누구에게도 하지 못했지만 언젠가 누군가에게 꼭 해야 할 이야기가 당신 속에서 나와준다면, 그것은 보석처럼 소중한 순간이 될 것이다.

나도 잘 모르는 나를 잘 안다고 생각하는 사람들이 가득한 세상에서 나를 전혀 모르는 사람에게 더 털어놓기 쉬운 이야기가 있는 법이다. 어떤 이유에서건 당신이 솔직하게 이야기할 수 있다면. 눈앞에 있는 사람을 다시 만나지 못할 거라고 생각하기 때문이라도, 그 밤이 다시 오지 않을 거라고 믿기 때문이라도. 물론 끝까지 가면을 벗지 못하고 판에 박힌 이야기만 하다가 헤어질 수도 있다. 어떨 때 우리는 스스로가 아주 약한 존재라고 착각하니까. 하지만 그것은 그것대로 좋다. 언제나 다른 밤들이 있다.

어쨌든 솔직하거나 솔직하지 않은 서로의 이야기들이 오가는 동안 맥주는 시원하고 밤공기는 포근할 것이다. 혹시 물고기가 바로 잡히지 않는다고 해도 상관없다. 결국 모두들 여기로 모이게 되니까. 그래서 호텔보다 게스트하우스가 좋은 거니까.

제한된 공간이 사람 사이의 친밀한 교류를 가능하게 한다는 역설은 반드시 게스트하우스에만 해당되는 일은 아니겠지만, 그리고 사람을 만날 수 있는 장소가 게스트하우스뿐만은 아니겠지만 오늘 밤도 전 세계 여러 마을 구석구석에 자리 잡은 게스트하우스에서는 수많은 사연들이 오고 갈 것이다. 그리고 이제 당신과 나는 그 공간을 알고 있다.

도미토리의 시작

게스트하우스에서도 도미토리는 나에게 특별한 공간이다. 방 하나에 침대 여러 개가 놓이고 공동욕실이 딸려 있어 각자의 침대를 쓰되 나머지 공간은 공유하는 방을 도미토리라고 부른다. 특히 물가가 비싸고 공간이 협소한 도시에 그런 숙소가 많은데 도시 공간의 제약이 숙소 공간의 제약으로 이어지는 명백한 프랙털 구조다. 처음에는 위험하거나 불편하지 않을까 생각했지만 막상 이용해보니 탁월한 장점이 몇 가지 있어 한동안 도미토리만 찾아다녔다.

일단 가격이 쌌다. 하룻밤에 만 원 내는 싱글 룸보다 3천 원을 내는 도미토리 쪽이 여행 기간을 훨씬 더 길게 만들어주었고, 숙박비에서 아낀 돈으로 가끔 맛있는 음식도 사 먹고 맥주도 마실 수 있었다. 당시 프라이버시 따위는 내 여행 옵션의 긴 순위표 중 저 아래쪽에 놓여 있었는데 자동차로 치면 발 매트 정도였다. 발밑에 매트가 있으면 되지 그게 꼭 최신 소재로 만든 유명 디자이너의 매트일 필요는 없지 않나? 친구에게 동의를 구하니 얼마 전 도요타는 발 매트 때문에 미국 시장에서 철수할 뻔한 일도 있었다고 주의를 준다. 식견이 짧아 죄송하다. 차에 대해서는 잘 모르고 별 관심도 없으면서 애초에 왜 자동차 매트 이야기를 꺼냈는지 모르겠다.

그런데 내가 도미토리를 좋아했던 것은 가격도 가격이지만 다른 사람들과 같은 방에서 자는 것을 좋아했기 때문이다. 처음 배낭여행을 시작했을 무렵 나는 호기심은 강한데 숫기는 없고, 해본 것도 별로 없으면서 누구한테 지는 건 또 싫은 시골 소년이었다. 게다가 그때는 비밀이었지만 나는 혼자 자는 것을 무서워했다. 중학생 시절 내가 살던 동해시의 집은 언덕 위 교회에 딸린 목사 사택이었는데 주변 1킬로 반경엔 이웃이 없었다. 매일 밤 자율학습이 끝나고 집에 가기 위해서는 버스정류장에서 내려 어두운 포장도로를 20분 정도 걸어야 했다. 인적 없는 곳에 살아 겁이 없어지는 사람도 있는 모양인데 나는 그 반대였다. 매일 지나야 하는 그 밤길은 시간이 갈수록 적응이 되기는커녕 더 다양한 양상으로 무서워지는 것이었다. 달리면 뒤에서 뭔가가 따라올 것 같아서 고개를 꼿꼿이 세우고 걸었다. 될 수 있으면 어둠 쪽을 보지 않으려고 하면서 이문세나 변진섭의 노래를 흥얼거리며 매일 밤 나는 그 길을 걸었다. 학교에는 무서운 얘기를 많이 아는 친구가 있어서 한밤중에 머리로 쿵쿵 뛰거나 또는 몸을 끌며 팔꿈치로 비틀비틀 다가온다는 '뭔가'에 대한 얘기를 해주곤 했는데 그것들은 매우 심각하게 밤길의 무서움을 증폭시켰다. 이

자리에 소개하려고 옛 기억을 떠올리다가 벌써 약간 싫어져서 그만둘 정도다. 그런데 정말 싫은데도 알 수 없이 빨려 들어가 도망치지 못하는 것이 그런 이야기의 진짜 무서운 부분이다. 커다란 뱀이 어떤 소리와 파동을 내며 정면으로 다가오면 공포에 질려서인지 뭔가에 홀려서인지 그 자리에서 꼼짝 못하고 얼어버린다는 다람쥐처럼.

그런 몇 가지 요소가 자기들 멋대로 결합한 결과 당시의 악몽에는 마지막에 반드시 인간이 아닌 어떤 것이 등장했고 흰 옷이라든가 풀어헤쳐진 머리칼, 어둠 속에서 내 어깨를 잡으려는 손 같은 이미지 때문에 깜짝 놀라 깨어나곤 했다. 그렇게 깨어났을 때 어두운 방에 혼자 있는 것이 싫었고, 그게 누구라도 인간이 가까이 있으면 안심이 되었다. 그런 무섬증은 이십대 중반까지 남아 있었는데 의식하지 못하는 사이에 거의 사라져버렸다.

어떤 수면학 연구자에 따르면 나이가 들면서 악몽을 덜 꾸게 되는 것은 체내 호르몬 변화에 따른 자연스러운 성장이라고 하는데 그런지도 모르겠다. 요즘에는 귀신 꿈 대신 조제실에서 약을 조제하는 꿈을 가끔 꾼다. 처방전을 받아 약을 조제하다가 한 종류의 약을 찾지 못해 조제실을 뒤지기 시작한다. 생각할 수 있는 모든 구석을 뒤져보지만 약은 보이지 않고, 손님들은 밖에서 자꾸만 재촉을 한다. 그러다가 깜짝 놀라 깨는 것이다. 이런 것도 성장이라고 부를 수 있을지.

도미토리가 좋았던 또 하나의 이유는 친구들을 비교적 쉽게 사귈 수 있기 때문이었다. 대개 혼자 여행하는 사람들이 비슷한 사정으로 한 방에서 만나 룸메이트가 된다. 좁은 방이라 계속 마주치는데 서로 모른 척하기는 쉽지 않다. 그런 어려운 일을 잘 해내는 분들도 물론 계시겠지만 릴랙스, 우리는 지금 여행 중이다.

일단 안면을 트고, 여행 정보를 주고받고 하다 보면 의기투합해 같이 밥을 먹으러 가거나 맥주를 마시러 가는 일도 생긴다. 공간의 제약이 가져오는 친화 현상인데 늘 즐겁기만 한 것은 아니지만 나는 여행의 다른 어떤 부분보다도 그 점을 오랫동안 좋아했던 것 같다. 'To see'와 'to do'를 넘어선 'to meet'의 여행. 어쩌다 싱글 룸에 묵게 되면 도미토리의 그 시끌벅적함과 가벼운 불편함 그리고 한정된 공간에서 저절로 생겨나던 사람과 사람 사이의 교류 같은 것을 그리워하곤 했다.

여행이 아니라도 오랫동안 혼자 있으면 외로워 누군가를 찾고 여럿이 너무 오래 함께 있으면 지겨워 혼자 있을 곳을 찾는 상하 진폭의 그래프를 그리며 우리는 살고 있다. 진폭은 사람에 따라 크기도 작기도 할 것이다. 하지만 어떤 경우에도 인간은 그래프 자체를 벗어나지는 못하니 아무래도 사회성은 인류라는 종의 유전자적 특성이 아닌가 싶다.

아무튼 그렇게 만나 이야기를 나누다 보면 가끔 나와 잘 맞는 친구들이 있고, 자연스럽게 다음 일정을 함께하는 동행이 되기도 한다. 같이 여행을 하다 보면 서로의 멋진 모습도 못난 모습도 보여주게 된다. 좀 친해졌다고 막말을 주고받고 둘만 아는 이야기로 서로를 놀리다가 얼굴을 붉히기도 한다. 옛일을 떠올리며 눈물을 글썽이다가 서로 등을 쓸어주기도 한다. 누가 등을 쓸어주면 기분이 좋기 때문에 눈을 반쯤 감고 좀 더 슬픈 척도 한다.

한번은 쿠알라룸푸르에서 게스트하우스를 찾아 헤매다가 저녁이 되었다. 고생 끝에 자리가 겨우 딱 하나 남았다는 8인실 도미토리를 발견해 신나서 체크인을 했다. 그때만 해도 내가 운이 좋다고 생각했다. 그런데 열쇠를 받아 엘리베이터를 타고 6층에 내린

다음 방문을 탁 하고 열었더니 어두운 방 안에 덩치 크고 험상궂은 흑인 일곱 명이 술을 마시고 있는 것이었다. 나중에 알고 보니 한 배를 타는 선원들이라는데 내가 받은 첫인상도 딱 어두운 밀실에 모인 해적단이었다. 선장을 죽이고 배를 탈취하려는 비밀회의. 알아들을 수 없는 아프리카 말로 뭔가 시끄럽게 옥신각신 하던 그들은 내가 들어서자 일순간 입을 다물고 나를 빤히 쳐다보았다. 방이 어두워 얼굴들보다 희번덕이는 눈들이 먼저 보였던 것이 기억난다.

그제 와서 "죄송합니다" 하고 문을 열고 다시 나갈 수도 없어서 나는 아무렇지 않은 척, 늘 이렇게 자왔다는 듯이 빈 침대에 배낭을 내려놓고 옆에 있는 사람에게 인사를 건넸다. 방 안은 씻지 않은 성인 남자들의 냄새로 가득했는데 어쩐지 창은 닫혀 있고 커튼까지 쳐져 있었다. 하얀 눈자위에 검은 눈동자들은 여전히 내 쪽을 힐끔거리고 있었다. 처음 든 생각은 아무래도 오늘 여기서 다 털릴 것 같다는 것이었다. 이어 물건을 털리는 것으로만 끝나면 다행이겠다 싶을 정도로 걱정은 확장되었다. 침대에 앉아 짐을 푸는 척하며 어떻게 하면 자연스럽게 이곳을 빠져나갈까 생각하기 시작했다. 그들의 술자리는 계속되었고 몇몇이 심각하게 싸우는 듯 목소리를 높이다가 갑자기 모두들 소리를 죽여가며 뭔가를 공모하듯 낄낄거렸다. 꿔다 논 보릿자루처럼 침대에 걸터앉은 나는 싸우는 쪽이 더 무서운지 낄낄대는 쪽이 더 무서운지 알 수 없었다. 이불 속으로 들어가 꼼지락거리며 나름 중요한 물건들과 전대를 침대 안쪽 매트리스 밑으로 찔러 넣다가 하긴 저 녀석들이 나쁜 마음을 먹으면 이게 다 무슨 소용이겠냐 싶어 그만두었다.

어느 정도 시간이 지나자 오늘은 어찌 됐든 여기서 잘 수밖에 없겠다는 체념이 밀려왔다. 이미 꽤 늦은 시간이었고 다른 데서 방을 구하기도 어려울 것 같았다. 이 밤만 어떻게 넘기고 내일 아침 일어나자마자 이곳을 뜨자. 그러나 좀처럼 잠이 오지 않았다.

밤이 깊어갈 무렵 한 사내가 내 침대로 다가와 내 어깨를 두드렸다. 그러더니 대뜸 나에게 일어나 보라는 것이었다. 드디어 올 것이 온 것인가. 강한 아프리카 억양 때문에 처음엔 알아들을 수 없었지만 잘 들어보니 뭔가 좋은 것을 보여주겠다는 것 같았다. 내가 아주 운이 좋다고도 했다. '그렇지. 내가 운이 좋다는 것은 누구나 알 수 있겠지. 이 방에 와서 너희들을 만난 것만 봐도 알 수 있잖아' 하고 속으로 말하며 나는 일어났다.

그는 나를 창가로 데려갔는데 어두운 방의 닫힌

커튼 옆으로 패거리가 모두 모여 있었다. 혹시 저 창으로 나를 밀어 떨어뜨리고 내 물건을 빼앗으려는 걸까. 하지만 아무리 돈이 절실하다고 해도 보는 눈들은 있을 텐데 그런 위험을 감수하기에는 내 거지꼴도 만만치 않았기 때문에 나는 될 대로 되라는 심정으로 그들 앞에 섰다.

그런데 그들은 커튼 너머의 뭔가를 나에게 보여주고 싶어 하는 것 같았다. 뭔가 아주 중요한 것을. 커튼을 관리하는 담당이 따로 있을 정도였다. 다른 친구들보다 약간 더 나이 들어 보이는 커튼 담당이 조심스럽게 커튼 아래쪽을 살짝 당기자 모두들 긴장감 속에서 숨죽인 소리로 뭔가를 물었다. "시작했어?", "아직이야?" 처음엔 어리둥절했지만 결국 나도 상황을 파악하게 되었다.

7인의 해적단을 그토록 긴장시킨 것은 알고 보니 바로 옆 건물 5층에 사는 어떤 중국인 부부였다. 섹스를 할 때 불을 끄지 않는 습관이 있었던 것이다. 나는 어이가 없어서 크게 웃고 말았다. 그러자 한 명이 조용히 해달라고 진지하게 부탁했다. 자신들의 유일한 오락거리를 망치지 말아달라는 것이다. 부부가 불을 끄거나 커튼을 닫으면 그때는 모든 것이 끝나는 것이니까. 커튼을 펄럭거리지 않는 이유야 잘 알겠지만 그렇다고 건너편 빌딩인데 소곤거릴 필요까지야 있겠느냐고 말했지만 해적들은 역시 조심하는 게 좋다고 여전히 소리 죽여 소곤거렸다.

그렇게 우리는 커튼 뒤에서 대화를 나누기 시작했다. 이야기를 들어보니 그들은 나이지리아에서 온 내 나이 또래의 원양어선 선원들이었다. 얼마 안 되는 월급을 아끼느라 밖에 나가 놀지도 못하고 술을 조금 사다가 방 안에서 홀짝거리며 떠들고 있는, 그리고 가끔 밤에 좋은 구경을 할 수 있는 방에 묵게 된 것을 커다란 행운으로 여기는 나름대로 순진한 청년들이었던 것이다.

중국인 부부는 그날 밤에는 창 앞을 왔다갔다만 할 뿐 정사를 벌이지는 않았고, 얼마 후 불이 꺼졌다. 나를 부른 친구는 진심으로 아쉬워하며 지난 수요일 밤에 왔어야 했는데, 라는 말을 연발했다.

그렇게 떠들다 보니 결국 우리는 친구가 되었다. 나중에는 서로 연락처를 나누고 닫힌 커튼을 배경으로 기념사진까지 찍었다. 그러는 동안에도 한 명은 여전히 커튼 앞에 남아 건너편 빌딩의 불 꺼진 방을 집요하게 주시하고 있었다.

20년 가까운 시간이 지났고, 이제 연락처는 모두 없어졌지만 나에게는 아직 그 친구들과 찍은 사진이 남아 있다. 사진을 보며 가끔 생각한다. 지금 이 순간 나이지리아의 어느 집에선가는 한 남자가 앨범을 꺼내놓고 아이에게 젊은 시절의 모험담을 떠벌리고 있을지도 모른다. 그리고 잘 때는 불을 끄라고 말하겠지.

그렇게 많이 다르면서도 조금은 비슷하기도 한, 여행이 아니었다면 절대 마주칠 일 없었을 두 세계는 우연이라는 이름으로 게스트하우스 한구석에서 만났다. 나는 이것이 얼마나 대단한 일인지 마흔이 넘은 요즘에서야 새삼 느끼고 있다. 그리고 밤에는 꼭 불을 끄게 되었다.

도미토리의 끝

그러나 다른 모든 것과 마찬가지로 도미토리에 묵는 즐거움에도 언젠가 끝이 찾아온다. 삼십대 후반이 된 어느 겨울, 일 관계로 일주일간 상하이에 가게 되었다. 옛날 생각도 나고 해서 십몇 년 전에 좋은 시간을 보냈던 유스호스텔 도미토리를 예약했다. 괜찮겠느냐는 아내의 말에 문제없다고, 재밌을 거라고, "일주일 묵는 데 오만육천 원이라니까" 하면서 큰소리를 쳤다. 가파른 경제 성장과 도시 개발로 부동산 가격이 급격히 오른 상하이에서는 지방에서 올라온 젊은 이들이 유스호스텔 도미토리에 묵으며 친구를 만나고 일자리를 구하는 일이 많다고 한다. '어쩌면 젊은 친구의 진짜 중국 이야기를 들어볼 수 있겠구나.'

낮은 조명으로 어두침침하던 복도는 눈이 아프도록 환하고 깔끔한 모던 스타일로 바뀌어 있었고, 옛 중국 나무 의자를 모티브로 한 오브제가 한편에 놓여 있었다. 십몇 년 전 세계 여기저기에서 온 외국인으로 넘치던 로비는 이제 젊은 중국 친구들로 가득했고, 우리들이 싸구려 맥주를 퍼 마시던, 기름 냄새에 찌든 부속 식당은 깔끔하지만 별 특징 없는 위스키 바로 변모해 있었다. 도미토리의 전반적인 분위기에는 적잖이 실망했지만, 진짜 중국 이야기에 대한 기대감은 버릴 수 없었다.

열쇠를 받아서 도미토리의 방문을 열자마자 중국 청년 한 명과 마주쳤다. 웨이촨(가명)은 마른 몸에 앳된 얼굴을 한 칭다오 출신의 이십대 남자로 그 방에서 벌써 한 달 넘게 살면서 직장을 구하고 있다고 했다. 똑똑하지만 신경질적인 인상의 그는 이상하게도 처음부터 무뚝뚝하게 나를 대했다. 악수를 청하는 내 손을 어쩔 수 없다는 듯 잡은 것은 그렇다 치고, 나중에 로비의 수많은 사람들 사이에서 내가 그를 미처 못 알아보고 지나친 후에는 적대감이라고도 부를 수 있을 법한 태도로 겨우 인사나 하거나 말거나 했다. 영어를 꽤 잘했지만 내 질문에 대한 대답은 언제나 단답형이어서 대화가 잘 이어지지 않았고 어떤 농담에도 좀처럼 웃지 않았다. 둘째 날 하얼빈에서 와서 이틀을 자고 간 청년 두 명은 잘 웃었지만 영어를 전혀 못해 나의 짧은 중국어로는 도저히 대화가 이뤄지지 않았다. 이래저래 교류는 일어나지 않았고 나도 일이 바빠 노력하지 않았다.

네 명이 잘 수 있던 우리 방은 양 벽으로 붙어 있는 두 개의 이층 침대와 창가에 붙은 책상, 그리고 작은 옷장만으로도 가득 차 빈 공간이라고는 침대 사이 공간밖에 없었다. 그런데 장기 투숙 하는 웨이촨이

거기에 자신의 옷가지가 든 박스와 트렁크를 벌여놓아 방 밖으로 나가려면 게걸음으로 걸어야 할 정도로 비좁았다. 게다가 10센티미터쯤 위로 열리는 창문으로는 환기가 충분치 않아 방에서는 상한 과일과 좀약 그리고 오래된 빨랫감의 냄새가 뒤섞여 있었다. 침구는 깨끗한 편이었지만 매트리스는 딱딱했고 베개는 너무 높았다. 일어나 앉을 때마다 머리를 부딪히지 않도록 조심해야 하는 이층 침대 아랫칸에서도 예전의 편안함은 잘 느껴지지 않았다. 유스호스텔이니 도미토리니 하는 건 이쯤에서 포기하고 다시 호텔을 알아볼까 하다가 그래도 '조금만 있으면 적응될 거야. 이전엔 이보다 더한 상황도 많았잖아' 하고 오기를 부려보았다.

그러다 이틀째 되는 밤, 깊이 자고 있는데 갑자기 누군가 흔들어 나를 깨우는 것이었다. 그날은 하루 종일 걸어 다녀 상당히 피곤했기 때문에 일어나기가 너무 힘들었다. 그래도 겨우 안간힘을 내 일어나보니 웨이촨이었다. 내 코 고는 소리가 시끄러워 잠을 잘 수가 없다는 것이었다.

나는 한번 깨어나면 좀처럼 다시 잠들지 못하기 때문에 문득 화가 치밀어 오르기 시작했다. 하지만 기왕 깨어난 거 미안하다고 말하고 다시 이불을 덮고 누웠다. 얼마나 시끄러웠으면 나를 깨웠을까 싶었다. 그러나 우리의 캄캄하고 좁은 방에는 분노와 적대감 이 떠돌고 있었다.

다시 잠들지 못하고 헤매는 동안 그의 침대에서 코 고는 소리가 들려왔을 때는 우습기도 하고, 그래 너도 참 불쌍한 놈이구나 하는 마음도 들었지만 그 밑 에 깔린 근원적인 분노는 어쩐지 좀처럼 사라지지 않 았다. 몸은 피곤하고 잠은 오지 않는데 불을 켜고 일 어나서 책을 볼 수도 없는 새벽의 막막함 그리고 1.5 미터 너머에서 자고 있는 존재에 대해 스멀스멀 올라 오는 미운 마음.

좀 더 어렸을 때는 피곤해도 코 고는 일은 별로 없었고, 어쩌다 잠이 깨도 금방 다시 잠들 수 있었는 데…. 나도 나이가 들어가는구나. 이제 이런 숙소는 무리인 걸까. 아무래도 자기 전에 마시는 맥주를 좀 줄이는 게 좋겠다. 이런저런 생각을 하다가 겨우 다 시 잠이 들었다.

코골이는 잠든 사이에 근처로 다가오려는 작은 동물들을 쫓아버리기 위해 진화된 신체 기능이라고 하는 어느 진화학자의 글을 본 일이 있는데 모기 말고 는 인간의 잠자리에 다가오는 동물이 거의 없어진 현 대에 와서는 거의 쓸모가 없어진 것 같다. 미운 마누라의 단잠을 방해하는 정도의 용도 말고는.

　　인간은 필요하면 뭐든지 적응하게 마련이어서 사흘쯤 지나자 나도 조금씩 도미토리 생활에 적응하기 시작했다. 비좁고 불편한 방도 밤늦게 들어가서 잠만 잔다고 생각하니 크게 거슬릴 것은 없었고, 노트북을 들고 바에 내려가서 칭다오의 신제품 맥주를 마시며 서류 작업을 하는 것도 나쁘지 않았다. 옆 테이블 사람들과 가끔씩 농담도 나눠가며 중국 시장 출시를 타진하는 건강 제품에 대한 시장 조사 리포트를 써 내려가고 있자니 상하이라는 도시가 가진 다양한 모습을 관대하게 바라볼 수 있었다.
　　뉴욕이나 도쿄, 서울에 비하면 상하이는 아직 젊은, 자신감도 물론 있지만 부끄럽고 두려운 마음도 있어서 갈팡질팡하는, 파티에 간 시골 출신 벤처 사업가 같은 도시였다. 거대한 신축 상업 건물과 화려한 쇼핑몰이 늘어선 큰 길 바로 뒤편에 여전히 초라하고 지저분하지만 정감 가는 거리가 남아 매력적인 조화를 이루고 있었고, 그 사잇골목에서 파는 꼬치나 전병, 만두 같은 간식거리들은 두 세계를 연결하고 있었다. 번쩍이는 통유리로 마감한 대형 쇼핑몰 1층 커피숍에서 편안한 의자에 앉아 5천 원짜리 커피를 마시며 서류 작업을 하다가 그 옆 골목으로 조금 걸어 들어가면 팔뚝만 한 꽈배기와 야채 죽, 꼬치와 매콤한 소스가 나오는 리어카 식당의 기가 막히게 맛있는 정식을 1500원에 사 먹을 수 있었다. 나는 서서히 그 도시의 뒤죽박죽한 조화와 시끌벅적한 활기에 익숙해져가고 있었다.

숙소 바에서 지금은 보스턴에 살고 있다는 홍콩 출신의 테런스라는 또래 친구를 만나 같이 해산물 뷔페식당도 찾아가고 여행 이야기도 하다 보니 오랜만에 제법 배낭여행 느낌도 없지 않았다. 일 때문에 왔지만 친구며 음식이며 저녁의 맥주며 무엇 하나 아쉬울 것 없는 시간이 흐르고 있었다. 그러나 역시 인간의 일은 그렇게 간단치만은 않았다.

깊고 깊은 밤 정신없이 잠들어 있던 나는 또 누군가 내 침대 철제 프레임을 여러 번 빠르게 두드리는 소리에 깨어났다. 웨이찬이었다. 내가 또 코를 곤다는 것이었다. '아, 진짜.' 그 새벽에는 더 잠들지 못하고 일찍 방을 빠져나왔다. 내 속에서 그를 미워하는 마음이 너무 커지고 있었기 때문이다. 이미 낸 숙박비를 포기하고 새로 싱글 룸을 잡아 방을 옮겼다. 그 뒤로 우리는 복도에서 마주쳐도 모른 척하는 사이가 되어버렸다. 그가 누구이고 어떤 삶을 살아왔고 지금 무엇을 찾고 있는지 더 이상 궁금하지 않았다. 그저 그 차가운 얼굴을 다시 마주치고 싶지 않다는 생각뿐이었다. 그의 입장에서도 한국에서 왔다는, 괜히 친한 체만 하지 실속은 전혀 없는 데다가 시끄럽게 코까지 고는 룸메이트에 대한 원망이 있었을 것이다.

어떤 사람들은 서로 맞지 않는다. 마주치는 사람들 전부와 친해지고 모두를 행복하게 할 수 있는 인간은 아마 없을 것이다. 그러나 일주일이 지나 체크아웃을 하고 공항에 가기 위해 호텔을 나설 때 문득 이상한 기분이 들었다. 내 속에서 한 시기가 끝난 느낌, 어쩌면 다시는 도미토리의 날들을 마음 편하게 즐기지 못할지도 모른다는 아쉬움, 코 고는 중년 아저씨가 되고 말았다는 자각. 뭣 때문이라 단정하기는 힘들었지만 그것은 꽤 쓸쓸한 기분이었다.

세월은 가차 없이 흐른다. 어떤 것들은 가고 어떤 것들은 남는다. 알든 모르든 우리는 그 시간의 줄 위에서 취향이라는 장대를 들고 아슬아슬 줄타기를 하며 살아가고 있다. 우산 없이 나선 산책길의 소낙비처럼 그 도미토리는 어렴풋이 알고 있으면서도 깨우치지 못한 감각을 내게 갑자기 쏟아부었다. 나의 몸과 마음이 변해간다는 것, 예전에 아무리 좋았더라도 계속 그것을 붙들고 있을 수만은 없다는 것.

이제는 도미토리에 묵으려면 먼저 코골이 수술이라도 해야 하는지도 모르겠다. 그렇지만 나이가 들어도 여전히 수술은 무섭다. 그래서 상하이에서 돌아온 이후로는 아직 도미토리에 묵어볼 엄두를 내지 못하고 있다. 하지만 사람 일은 알 수 없는 것이라고 하니까.

대신 인도가 말해줄 거야

우리의 일상은 불안을 피하고 안심을 구하는 일로 상당 부분 채워져 있지만 보통은 그 오고감을 잘 인식하지 못한다. 여행이란 일상을 벗어나는 일이기도 하지만 모든 일상성을 부정한다기보다는 오히려 확장하기도 하는데 불안도 그런 경우인 것 같다. 길지도 않은 일정에 굳이 동행을 구하려 애쓰는 것, 여행지에서 맛있는 걸 먹는 데 집착하는 것, 자꾸만 온라인에 접속해 한국의 소식을 열심히 찾아보는 것들은 우리의 불안을 말해주는지도 모른다.

여행을 좋아하지 않는 분들은 집에 있으면 편한데 왜 애써 떠나서 불안함을 만들어내야 하는지 모르겠다는 식으로 말하기도 하는데 과연 그럴까? 원래 일상은 불안으로 가득하다. 우리는 그 불안을 잠재우기 위해 정신적 신체적 에너지를 상당히 소모하면서도 자신이 그렇다는 것을 알아채지 못하고 살다가 여행을 통해 비로소 인식할 기회를 갖는 것이다. 인식하는 순간에 해결의 실마리가 생기기도 하지만 해결되고 말고를 떠나서 여행을 좋아하는 사람은 그저 자기의 그런 부분을 알고 싶고 지켜보고 싶은 것이 아닐까. 게다가 나는 그런 불안한 느낌을 조금 좋아하는 편이다. 홀로된 낯선 곳에서는 소소한 마주침 하나하나가 소중해지기 때문이다. 누군가 나를 알아준다는 것, 내가 믿을 수 있는 누군가가 근처에 있다는 것, 그 정도만으로도 인간은 꽤 안심한다. 그 누군가는 술집 주인일 수도 있고, 우연히 근처에 있게 된 여행자일 수도 있겠지만.

친구를 구한다고 여기저기 떠벌리는 일은 어쩐지 애처롭다. 사랑과 마찬가지로 진짜 친구도 구하기보다는 만나지는 것이니까. 외로워도 안달하지 말고 어느 정도 운에 맡기는 편이 좋다. 굳이 준비랄 게 있다면 막상 인연이 닿았을 때 알아챌 수 있는 감각, 이쪽에서 도망치지 않을 정도의 마음이다. 친구는 이리저리 헤매며 걷는 길을 잠깐 옆에서 같이 걸어가는 존재이지 목표가 될 수는 없다. 운이 따르지 않으면 그뿐인 것이다.

그런데 내가 알고 있는 친구 운이 가장 좋은 장소가 게스트하우스다. 그곳에서 많은 사람들을 만나서 같이 놀고 사랑하고 아파하고 헤어졌으며 그런 경험이 지금의 나를 만들었다. 그리고 그런 장소가 이 지구 어딘가 존재한다는 것을 알고 있는 것만으로도 나는 일상 속에서 꽤 안심할 수 있었다. 한편, 나에게 그런 마주침이 소중한 것처럼 그 누군가는 나와의 만남을 통해서 안심할 수도 있을 것이다.

두 달의 여행을 마치고 떠나는 날 아침 인도 뉴델리 뒷골목의, 이름과는 반대로 어두침침한 '선샤인 게스트하우스' 로비에 나는 앉아 있었다. 신호가 아주 약한 데다가 수시로 끊어지는 와이파이 덕분에 인내를 배우고 있었다. 맞은편에는 한눈에도 아주 불안해 보이는 청년이 다리를 떨고 있었다. 나는 또다시 끊어지고 만 물결무늬 신호를 노려보는 일을 그만두고 고개를 들어 그에게 인사를 건넸다. 그는 짧은 금발머리에 쉼 없이 움직이는 눈동자를 가진 재스퍼라는 남자로 생애 첫 배낭여행지로 인도를 선택할 만큼 무모한 스물두 살의 대학생이었는데 미네소타에서 왔다고 했다.

"안녕. 좋은 아침이네."

"좋은 아침."

"여기 와이파이 너무 느려서 못하겠다."

"…."

"새벽에 비 오는 소리 들었어? 엄청나게 쏟아지던데."

"응. 더워서 창문을 열어놨다가 바닥이 다 젖어버렸지."

날씨 이야기는 처음 만나는 사람 사이에서 언제나 통하는 고전이다.

"인도에 언제 왔어?"

"어젯밤에."

"하루 있어 보니까 어때? 좀 다녀볼 만할 거 같아?"

"모르겠어. 사실 다른 나라로 갈까 생각 중이야. 태국이 괜찮다고 하던데."

인도에 처음 도착한 여행자들 중 꽤 많은 경우가 그렇듯이 그에게도 첫날의 심리적 충격이 상당한 것 같았다. 미리 준비한 기대나 에너지 따위는 공항에 내려서서 게스트하우스가 모여 있는 파하르간지 거리까지 가는 동안 거의 소진되어버린다. 그 상태로 게스트하우스를 구해 하룻밤을 보낸 것만 해도 쉬운 일은 아니었을 것이다.

길가 습지에 펼쳐진 끝없는 천막 난민촌, 개와 소와 릭샤와 자동차와 사람이 얽혀 있는 좁은 도로, 자는 것인지 죽은 것인지 알 수 없는, 흙바닥에 덮인 거적 아래로 튀어나온 깡마른 검은 발목, 나의 존재 근거를 묻듯이 날카롭게 쏘아보는 커다란 눈들과 그 모든 것을 뒤덮은 매캐한 공기는 처음 피운 담배처럼 오랫동안 잊히지 않는다. 그런 충격이다. 나는 핸드폰을 끄고 그에게 갔다.

"지금부터 뭐 할 거야?"

"뭐 별로."

"아침이나 먹으러 갈래?"

"그럴까?"

"가자. 내가 차이는 한잔 사지."

"차이?"

"인도식 밀크티야. 여기서는 아침에 커피 대신 차이를 마신다고."

식당이 있으리라고는 예상하기 힘든 골목 안쪽, 좁고 어두컴컴한 데다 향신료와 카레 냄새로 가득한 단골식당 출입문 쪽 끈적이는 테이블에 우리는 마주 앉았다. 인도의 식당에서는 대개 주문한 음식이 나오기까지 오랜 시간이 걸리기 때문에 테이블에 앉아 생각하거나 이야기할 시간이 충분하다. 그것은 손님보다 직원 수가 많을 때도 마찬가지다. 이 나라에 뛰어난 철학자가 많은 것은 그 때문인지도 모른다.

"어쩌다 여기에 오게 된 거야?"

"그게, 지난 학기에 책을 하나 읽었어."

"혹시 오쇼 라즈니쉬? 크리슈나무르티? 라마나 마하리쉬?"

"오쇼."

약간 놀라며 그가 대답했다.

"인도에 대해 잘 아나 보지?"

"그런 건 아니고 몇 번 오긴 했지. 이번에는 두 달. 근데 오늘 저녁에 한국으로 떠나."

"몇 번째 왜 굳이 이런 곳을…. 여기가 뭐가 그렇게 좋은 거야?"

눈을 굴리며 그가 물었다. 나는 진지해져야 할 때는 진지해질 수 있는 편이다.

"자, 들어봐 친구. 지금부터 한 달이 지나면 너도 내가 아는 만큼은 알게 될 거야. 그렇지만 많은 사람들이 그 정도를 버티지 못하더라고. 아니면 보고 싶은 것만 보고 나머지는 피해 다니든가. 지금 내가 말로 전달할 수 있는 건 별로 없어. 그냥 눈을 크게 뜨고 한 달을 버텨보라는 말 정도야. 보통 한 달이 지나면 인도를 그 어느 곳보다 좋아하게 되는 인간과 다시는 오고 싶지 않다는 인간으로 나뉘더라고. 중간이 없는 거지. 하지만 어느 쪽으로 결정되든 긴 안목에서 보면 후회는 없을 거야."

그는 더 이상 돌아다니지 않는 눈동자로 나를 응시했다. 뭔가가 그의 닫힌 마음속을 조금씩 긁어대고 있었다. 그를 보고 있으니 왠지 중학교 1학년 때 부모님을 따라 미국으로 이민을 가며 헤어진 동생이 떠올랐다. 동생과 나는 여덟 살 차이가 나기 때문에 그때까지 친구처럼 지낼 기회는 별로 없었지만 막상 헤어지고 나니 가장 그리운 존재였다.

음식이 나왔을 때 나는 식탁에 놓인 물그릇에 손을 씻은 다음 오른손으로 카레를 밥에 비벼 떠먹기 시작했다(평소에는 숟가락을 사용했다). 그는 역겨움과 호기심이 뒤섞인 표정으로 보고 있더니 일단 코카콜라를 한 병 시켰다. 한 잔을 쭉 들이켜더니 결심을 굳힌 듯 손을 뻗어 서투르게 밥을 비비기 시작했다.

손으로 진한 국물과 건더기를 떠서 밥에 비비고 입에 넣는 인도식 식사법은 겉으로 보면 그저 지저분해 보일 뿐이지만 막상 해보면 빠져든다. 최소한 나는 그랬다. 촉각과 미각의 끊어진 연관성이 서서히 복원되는 느낌이랄까. 다른 일들과 마찬가지로 해보지 않으면 알 수 없는 일이다.

우리가 시킨 음식은 인도의 가정식 백반 '탈리'였다. 향신료를 넉넉히 넣고 국물이 흥건하게 볶은 야채 '사브지'와 콩이 주재료인 노란 국물의 '달', 겉보기는 평범한 치즈 스틱인데 먹어보면 애매한 허브 향이 입속에 퍼지는 '치즈 파코라', 얇은 이탈리아식 피자 도우 같은 '차파티' 그리고 낱낱이 흩어지는 길쭉한 쌀로 지은 밥을 먹으며 나는 서두르지 않고 인도에서 한 달을 보내는 데 필요한 것들을 설명하기 시작했다.

먼저 음식을 먹을 때는 오른손, 똥을 닦을 때는 왼손을 사용한다는 것, 오른손에 든 생수병으로 엉덩이 사이 골짜기에 물을 흘리며 동시에 왼손으로 엉덩이를 닦아내는 인도식 비데(이것도 빠져든다), 그 때문에 생겨났을 왼손으로 다른 사람을 만지면 안 된다는 금기, 택시기사나 장사꾼들과 흥정할 때 적용해야 할 마음속 할인율. 물론 조심은 해야 하지만 너무 안전에만 집착하다 보면 여행이 망가지니 가끔씩은 자신을 던져야 한다는 것, 무슬림 여자들을 대할 때 나중에 손목을 잘리지 않기 위해 주의할 점, 좋은 숙소를 찾아내는 방법과 좋은 숙소 찾기를 포기해야 하는 상황에 대해서, 그리고 어느 정도 알 것 같다 싶으면 반드시 반대의 예가 찾아오고 마는 그 터프한 다양성에 대해서. 나는 내가 아는 만큼 그리고 조금은 모르면서도 설명을 했다.

그는 여러 번 끄덕이다가 웃음을 터뜨렸고, 놀란 얼굴을 하다가 갑자기 인상을 쓰기도 하며 스타 교수의 특강에 참여한 신입생처럼 이야기에 몰입했다. 가끔 명확하지 않은 부분은 좀 더 자세히 얘기해달라고 요구하기도 했다. 그리고 의외로 음식이 입에 맞는지 차파티를 더 시켜 접시에 남은 소스까지 말끔히 닦아 먹었다. 중간 중간 콜라로 입을 헹구어가며.

"그러니까 결국 좀 지내다 보니 인도가 좋아지더라 이거지?"

"응, 좋아지더라고. 최소한 심심하지는 않으니까."

"한 달이라. 너무 긴 것 같은데."

"걱정하지 마. 그렇게 긴 시간 아니야. 금방 알게 될 거야."

깨끗함, 정직함, 공정성, 효율성 같은 것들은 재스퍼와 내가 자라온 세계에서 중요한 가치였다. 그러나 그게 언제나 반드시 옳기만 할까. 손에 움켜쥔 그런 필터들을 통해서 세상을 볼 때 왜곡되는 것은 없을까. 나는 인도에서 그런 근원적인 회의를 처음 가질수 있었고, 익숙한 가치들에 의존하는 편안함 대신 매번 상황에 맞게 스스로 생각하는 일의 소중함을 알게 되었다.

그 순간 내가 재스퍼에게 진짜로 전하고 싶은 이야기는 그것이었지만 우리가 그런 이야기를 할 만큼 친해진 것도 아닌 데다가 내 영어로는 아무래도 무리였기 때문에 나는 손으로 밥을 비벼 먹어 보였다. 어쩌면 그에게는 내가 또 한 명의 인도병 환자처럼 보였을지도 모른다. 하지만 나는 내가 할 수 있는 만큼 최선을 다해 전달했으므로 아쉬움은 없었다. 더 필요한 것이 있다면 대신 인도가 말해주겠지.

우리는 얼마 안 되는 밥값을 반씩 나누어 내고 주방장에게 엄지를 치켜세워 보인 뒤 식당을 나서 골목을 걸었다. 재스퍼는 길거리에 웅크린 지저분한 개나 구멍가게 입구에 진열된 화려한 빛깔의 과자 봉지, 가짜 골동품 가게 입구에 진열된 나무 조각상에 일일이 관심을 보이고 내게 뭔가를 묻기도 하며 걸었다. 원래 호기심이 많은 친구인 듯했다. 애초에 그것이 그를 여기까지 데려와 나와 만나게 했을 것이다.

"자, 다음은 차이야."

"좋지."

골목 어귀에 수레를 놓고 아침 장사를 하는 차이왈라는 회색 스카프를 이마에 동여매다가 나를 알아보고 얼굴 가득히 웃음을 지었다. 손가락을 들어 두 명임을 확인하더니 무엇을 마실지는 묻지도 않고 차이를 만들기 시작했다. 이곳은 다양한 메뉴와 함량 조절의 가능성을 늘어놓고 실제로는 별 차이도 없는 선택의 자유를 어필하여 결국 밥값만큼 되는 커피값을 뜯어내고 마는 다국적 커피 체인점이 아니다. 1루피를 받고 아주 단순하고 정직한 차이를 내준다. 나는 항상 말없이 내 입에 맞는 차이를 만들어주던 주인장에게 오늘 밤 떠난다고 미리 작별인사를 한 다음 후

임자를 인계했다.

　재스퍼와 나는 길거리 전봇대에 기대서서 뜨겁고 달큰하고 향기로운 차이를 마셨다. 나는 더 이상 해줄 얘기도 없었고, 질문이 많던 재스퍼도 조용해졌다. 아직 이른 아침, 문 닫힌 점포 앞에 둘러앉아 비닐봉지에 담긴 아침을 먹는 검고 마른 얼굴의 사내들과 그 옆에서 부스러기를 기다리는 늘어진 개들과 버려진 쓰레기 뭉치를 코로 뒤지며 먹이를 찾는 깡마른 소, 그 사이로 조금씩 커져가는 아침의 소음을 우리는 가만히 지켜보고 있었다.

　이리저리 뻗친 머리에 인도 옷을 걸친 나사 풀린 동양인과 폴로셔츠에 반바지를 입은 단정한 서양인이 지저분한 골목 어귀 흙먼지 속에 나란히 서서 차이를 홀짝이는 모습을 비닐봉지 안에서 먹을 것을 찾지 못한 비쩍 마른 소가 힐끗거렸다.

　나는 계획대로 그날 저녁 한국행 비행기에 올랐고 어쩌다 연락처가 적힌 쪽지를 잃어버려 재스퍼가 그 뒤로 한 달을 무사히 여행했는지 다음 날 태국으로 떠났는지 아니면 영적 스승을 만나 몇 년을 눌러앉았는지 알 수 없다. 그러나 그동안 나를 도와주고 이끌어준 많은 여행자들에게 아주 약간은 보답한 듯한 기분이 들었다. 그 한 달은 소심하게 다리를 떨며 도망칠 궁리를 하던 어린 여행자를 조금은 바꿔놓았을까. 어쩌면 내가 그런 생각을 하고 있는 동안 재스퍼는 태국 해변 레스토랑 옆 테이블에 앉은 사람에게 한국에서 왔다는 인도병 환자에 대해 농담을 하며 신나게 웃고 있었는지도 모르지만 상관없다. 착각은 누구에게나 주어진 선물이니까. 내가 믿는 한 그렇게 되는 거니까.

니콜라스 같은 케이지

가로와 세로로 번호가 매겨진 길들이 강 위의 작은 섬을 찌개에 넣을 두부처럼 잘게 썰어놓고 있었다. 그 잘린 모퉁이 한 골목에 조그만 게스트하우스가 있었다. 가능하면 발견되고 싶지 않다는 듯 숨어 있는 낡고 희미한 간판 탓에 지도를 들고서도 한참을 헤맸다.

포트 어소리티 터미널에서 게스트하우스까지 가는 길은 빌딩 사이로 불어오는 칼바람 때문에 몹시 추웠고 두꺼운 옷과 목도리로 몸을 감싼 사람들로 서울의 거리 못지않게 북적였다. 독특하게 차려입은 젊거나 나이 든 사람들, 혼자서 끝없이 지껄이는 뉴욕판 '예수 천국' 전도자들, 그저 모든 것에 지쳐 보이는 노숙자들, 어딘지 영악해 보이는 아이들, 매서운 눈빛을 한 남자들과 명품 브랜드를 무심히 걸친 여자들 그리고 그들이 손에 쥔 줄 끝에 매달린 개들이 뒤섞여 맨해튼은 된장찌개 뚝배기처럼 북적거렸다. 그리고 어쩐지 모두들 빠른 속도로 걷고 있었다.

게스트하우스 문을 열고 들어가 보니 좁고 어두운 로비 한편에 사방이 여행 정보와 사진으로 뒤덮인 프런트가 있었다. 한 여성이 예약을 확인하더니 마지못해 열쇠를 내주며 무뚝뚝하고도 기계적인 안내를 했다. 룸은 계단 위쪽, 키친은 지하, 5일 이상은 머물 수 없어. 체크아웃은 12시까지.

맨해튼에 몇 안 되는 배낭족 숙소인 이곳에서는 여행자가 숙소를 선택한다기보다 숙소 쪽에서 손님을 선별해 받아들이는 느낌이었는데 다른 곳에서 받는 숙박비를 생각해보면 기분이 아주 나쁠 정도는 아니었다. 방은 네 명이 같이 쓰는 구조로 침대 세 개는 이미 주인이 있어 나는 남아 있는 침대에 짐을 풀었다. 창밖으로는 붉은 벽돌 건물이 가로막고 있어서 질서정연하면서도 개성이 느껴지는 벽돌공의 조적 솜씨를 감상할 수 있었다. 우리는 그것을 '월 뷰'라고 불렀다.

내가 묵을 방은 낡은 벽에 삐걱대는 나무 바닥에도 불구하고 미국 특유의 간결한 효율성이 느껴졌는데, 침대는 침대 자리에 로커는 로커 자리에 책상과 의자는 책상과 의자 자리에 제대로 놓여 있었기 때문이다. 벽에 걸린 그림도 장식성과 실용성을 모두 갖춘 맨해튼 지도였고, 청소 도구와 우산꽂이, 발 매트도 사용하기 쉽게 놓여 있었다. 마약, 총기 사용 등 방에서 하면 문제가 되는 행동에 대해서도 정확하게 안내되어 있었다.

짐을 풀고 내려가 보니 30평쯤 되는 지하 휴게실에는 한편에 제법 넓은 싱크대와 냉장고 두 대, 세탁기, 건조기가 구비되어 있었고, 반대편에는 테이블과 의자가 몇 개 보였다. 엉덩이가 푹 꺼진 인조 가죽 소파에는 이른 시간부터 여행자들이 모여 맥주를 마시며 수다를 떨고 있었다.

나는 부엌으로 가서 길 떠날 때는 배가 든든해야 한다며 메릴랜드 집에서 어머니가 굳이 안겨주신 보따리를 꺼냈다. 배낭에 넣을 때는 좀 귀찮았지만 이제 와보니 너무나 반가운 소고기 장조림과 볶음고추장, 무말랭이와 김이 보따리에서 나왔다. 일단 커피를 끓이고, 터미널에서 사온 빵과 햄을 구워 접시에 담고, 거기에 무말랭이와 장조림과 김을 곁들인 코리언 아메리칸 퓨전 디너를 차려 맛있게 먹었다.

설거지를 하고 나서 휴게실로 가보니 소파는 물론이거니와 창턱까지 이미 다른 사람들이 차지하고 있어 앉을 곳이 없었다. 팔뚝을 드러낸 몸집 좋은 중동계 청년 둘의 목소리가 특히 컸는데 자기가 한 농담에 자기가 먼저 웃고 있었다.

남은 커피를 들고 한쪽에 서서 홀짝이고 있을 때 소파에 앉아 있던 누군가가 옆으로 당겨 앉으며 이리 와 앉으라고 자리를 내주었다. 가끔씩 중동 청년들과 "셧업"이니 "갓뎀"이니 "뻑큐"니 하는 용어를 주고받던 그는 짧게 깎은 머리에 체격이 좋은 스포츠

맨 타입의 동양인이었다.

"안녕. 성민이라고 해. 한국에서 왔어."

"케이지야. 니콜라스 같은 케이지."

자기 소개를 할 때마다 반복하는 듯 익숙한 태도로 그가 말했다.

"뉴욕에는 여행 온 거야?"

"응, 한 일주일 돌아다녀보려고."

"나는 여기 8개월째야. 1년짜리 어학 코스로 왔는데 주중에는 학교에 나가고 주말에는 이삿짐 나르는 일을 해. 저 녀석들하고 같이."

여전히 떠들고 있던 중동인 둘을 가리키며 케이지가 말하자 그들도 모하메드니 아미르니 하며 자신들을 소개했다.

"그리고 이쪽은 구미코. 내 어학원 친구야. 여자친구는 아니고."

옆에 앉은, 작은 키에 아이처럼 통통한 얼굴을 한 여자애를 케이지가 소개시켜 나는 그녀에게 손을 들어 인사했다. 그녀는 뉴욕 아트 칼리지에서 사진을 전공하며 영어도 배우고 있다고 했다. 시간만 나면 늘 붙어 다니는 걸로 보아 사귀는 사이 같았지만 그건 아니라고 둘은 굳이 완강하게 부인했다.

친한 친구들 무리에 새로 끼어든 멤버 특유의

어수룩한 겸손함으로 나는 가만히 그들의 이야기를 들었다. 좁은 계단으로 4층까지 열나게 냉장고를 지고 올라갔는데 그 '비치'가 팁도 한 푼 안 주더라는 둥, 케니건스 바에서 수요일마다 재즈 공연을 하는데 해피 아워에 가서 두 잔 시켜놓고 마시다 보면 공짜 공연까지 볼 수 있다는 둥, 마이크가 파는 마리화나보다는 필립 것이 훨씬 질이 좋다느니, 완전히 반대인데 무슨 소리를 하고 있느냐는 둥 아무래도 좋을 이야기들이 두서없이 오갔다.

　배낭여행자들이 모이면 으레 여행 관련 정보나 그 나라의 문화 같은 것에 대해서 주로 대화를 나누기 마련인데 그와는 사뭇 다른 분위기에 익숙지 않아 마음이 약간 움츠러들었지만 나는 어쩐지 자리를 떠나지 못하고 커피 잔을 손에 든 채 소파 한구석에 앉아 계속 이야기를 듣고 있었다.

　"아, 그런데 있다가 다들 파티 갈 거지?"

　구미코가 말을 꺼냈다.

　"무슨 파티?"

　"카를로스네 집에 모이기로 했잖아."

　"오늘이 벌써 금요일인가?"

　"야, 그러니까 너 술 좀 작작 퍼마시라고."

　"시끄러워, 니가 내 엄마도 아니잖아. 그건 그

렇고 어때, 성민 너도 저녁에 할 일 없으면 같이 갈
래?"

"어… 그게. 내가 버스를 타고 오느라고 좀 피곤
해서 말이지."

"메릴랜드에서 왔다며, 몇 시간 탔는데?"

"네 시간."

"피곤할 정도도 아니잖아. 있다가 같이 가는 거
야. 일곱 시에 여기서 만나."

케이지는 가고 싶은 거 다 안다는 듯 내 어깨에
손을 걸쳤다.

"근데 뭘 준비해야 하지? 드레스 코드라든가."

파티라고는 한 번도 가본 적이 없어서 케이지에
게 조그맣게 물었다.

"아니, 그냥 편하게 입고 와. 여자애들도 올 테
니까 그 트레이닝 복은 좀 그렇긴 하다. 맥주 식스 팩
하나 들고 가면 돼. 친구들끼리 하는 파티니까 너무
신경 쓸 거 없어."

"그래? 그럼 한번 따라가볼까?"

호기심이 생겨 가겠다고는 했지만 긴장하지 말
라는 케이지의 말에 더욱 긴장이 되었다. 방으로 올
라가 샤워를 하고 몇 개 안 되는 옷들을 신중하게 뒤

적거렸다. 랭글러의 빛바랜 스트레이트 청바지에 남색 닉스 티셔츠를 입고 그 위에 얼마 전 새로 산 엘엘빈의 회색 체크무늬 셔츠와 가죽점퍼를 입으니 그런대로 괜찮을 것 같았다. 길 건너 델리에서는 버드와 이저를 살까 쿠어스를 살까 고민하다가 1달러가 더 비싼 코로나의 식스 팩을 샀다.

사람들의 물결을 헤치고 이런저런 이야기를 떠들면서 경보로 20분을 걸어 도착한 카를로스네 집은 4층짜리 검은 벽돌 건물 꼭대기에 있는 꽤 넓은 원룸이었다. 건물 현관은 이중문으로 되어 있었고 엘리베이터 대신 좁고 아슬아슬한 계단을 올라야 했다. 그런 계단으로는 냉장고는커녕 맥주 식스 팩을 들고 올라가는 것도 쉽지 않았다.

카를로스는 방송국에서 일하는 이십대 후반의 마르고 에너지 넘치는 사내로 가난한 예술가 타입의 친구들이 많은 것 같았다. 그는 초대 여부는 신경 쓰지 않고 나의 코로나를 반기며 레몬을 가지러 갔다. 아홉 시쯤 되어 열몇 명이 다 모이자 나도 분위기를 좀 파악할 수 있었다. 이름이야 파티지만 그냥 집에서 하는 술자리였던 것이다. 우리나라 술자리와 다른 점은 다 같이 한자리에서 마시는 게 아니라 몇 명씩 여기저기 따로 무리지어 놀다가 자연스레 멤버가 바꿰고 분위기도 누군가 적극적으로 주도하기보다 다들 알아서 논다는 것. 그리고 창문을 열어놓고 끊임없이 마리화나를 피워댄다는 것. 그 때문인지 묘한 발음을 하거나 너무 빨리 말하는 친구들이 많아서 나는 주변에서 쏟아지는 영어를 거의 알아들을 수 없었고 그 이질적인 자유로움에 반감도 들었던 것 같다.

유럽인이 주류인 배낭여행자들과 만날 때는 어차피 양쪽 모두가 외국어로 소통하는 입장이고 그 내용도 거의 여행에 대한 것이어서 적당히 대화할 수 있었지만 네이티브 스피커들과 일상적인 주제로 이야기하자니 쉽지 않았다. 잔뜩 긴장하고 귀를 기울여 대화 내용을 조금 따라가겠다 싶으면 갑자기 엉뚱한 이야기가 나오고 다시 처음부터 알아들으려 애쓰는 일이 반복되었다.

결국 또 한쪽 구석에서 혼자 맥주를 마시는 처지가 되었다. 익숙지 않은 공기가 미지근한 맥주처럼 텁텁했다. 어딘가 끼어들어야 하나, 몸이 안 좋다고 하고 먼저 숙소로 돌아가야 하나 고민하고 있는데 케이지가 다시 한 번 나를 부르는 것이었다.

"자, 친구들. 이쪽은 성민이라고 하는데 한국에서 왔어. 보기에는 이래도 약사래. 그리고 내내 얌전한 척 앉아 있지만 태국이니 인도니 안 가본 데가 없는 여행가라고."

처음에는 케이지의 영어가 대단치 않아 보였다. 문법 따위 신경 쓰지 않고 아는 단어를 적당히 엮어 나열했고, 발음도 억양도 영어라기보다는 일본어에 가까웠다. 그러나 그가 말하면 상대가 알아들었고, 상대가 말하면 그가 알아들었다. 영어로 대화를 한다는 게 어떤 의미인지 나는 조금씩 눈치 채기 시작했다.

몇 명이 관심을 보이며 자기도 태국에 가봤다느니 멕시코의 해변이 어떻다느니 했지만 휴가 여행 수준 이상의 여행을 해본 친구는 하나도 없는 것 같았다. 왜인지는 모르겠지만 미국인은 해외 배낭여행을 잘 하지 않는다. 미국이 워낙 넓은 나라고 지역별로 다양한 개성이 존재하여 그걸 보러 다니는 것만도 바쁘다고들 하는 것 같다. 하지만 내 눈에는 미국이라는 나라의 지역별 개성이라는 것이 솔직히 그리 다양해 보이진 않았다. 어디를 가나 젊은이들은 비슷한 쇼핑몰에서 시간을 보내고 있었고 식사로는 파스타나 스테이크나 햄버거를 먹었다. 그리고 뉴욕이나 LA 같은 대도시의 일부 지역을 제외하면 백인들은 백인들끼리 흑인들은 흑인들끼리 한국인은 한국인들끼리 모여 살고 있었다. 어쩌면 개별성보다는 동질성 때문에 미국을 떠나고 싶어 하지 않는 것처럼 보였지만 내가 만난 미국인들은 대개 그것을 인정하기를 거부했다.

나는 여행이 뭐가 그렇게 좋으냐고 묻는 마크라는 친구에게 비로소 내가 알고 있는 배낭여행에 대해서, 그 씁쓸하고도 달달한 재미에 대해서 조금씩 이야기할 수 있게 되었다. 외국어를 처음 배울 때, 관심이 있는 특정 분야의 언어 표현만 먼저 불균형적으로 발달하는 경우가 있는데 당시의 내가 그랬다. 여행을 통해서 영어를 배웠기 때문에 여행 이야기에만은 약간 자신이 있었던 것이다.

그들은 내 이야기에 깊은 관심을 보였다. 내일 당장이라도 배낭을 둘러멜 기세로 조급하게, 잠은 어디서 자냐, 식사는 어떠냐, 돈은 얼마나 드냐 하는 것들을 앞다퉈 묻고 가볼 만한 곳을 추천해달라고 했다. 심지어는 내 농담에 여러 번 웃음을 터뜨리기까지 했다. 네이티브 스피커와 30분 이상 대화를, 그것도 내가 주도하는 대화를 해본 것은 처음이었다.

사실을 말하면 미국에 와서 "안녕", "날씨 좋네", "화장실이 어디지?" 하는 수준 이상의 대화도 처음이었다. 나는 신이 나서 중간 중간 코로나 병을 들어 건배도 해가며 한참을 떠들었다. 이야기는 스스로의 관성과 탄력으로 흘러나오는 것 같았고, 내가 말을 하면서도 '이렇게 멋진 말이 나오다니'라고 스스로 놀라는 순간도 있었다. 케이지도 맞은편에 앉아서 씩 웃으며 오른손 엄지를 들어 보였다.

잠시 혼자 있고 싶어 베란다에 나와서 담배에 불을 붙였다. 꽤 오랫동안 철제 난간에 기대어 아래쪽을 바라보며 서 있었다. 낡은 건물들 사이의 지저분한 거리에는 온몸을 꽁꽁 싸맨 사람들이 어디론가 부지런히 걸어가고 있었고 분홍과 파랑의 네온사인이 그들의 발걸음을 밝히고 있었다. 겉모습이야 어떻든 인간의 욕망과 고민과 갈구에는 본래 개별성보다 동질성이 강한 것인지도 모르겠다는 생각이 들었다.

뉴욕을 떠나기 전날 케이지와 구미코가 케니건스 바의 해피 아워에 맞춰 조촐한 작별파티를 열어주었다. 우리는 커다란 미국식 피자 하나를 나누어 먹었고 근처에서 만들었다는 크래프트 비어를 한 잔씩 마셨다. 케이지가 말을 꺼냈다.

"어때 좋은 곳이지, 여기?"

"그래, 네 덕분에 재밌게 지냈어. 좋은 사람들도 많이 만났고. 고마워."

"널 보니까 처음 미국에 와서 쭈뼛거리던 내 생각이 나더라고. 사실 그렇게 몇 달 있다가 입 한번 제대로 떼보지 못하고 일본에 돌아가버리는 친구들도 많거든."

"그렇게 안 좋아 보였어?"

"응. 완전 도쿄에 막 올라온 구마모토 촌뜨기 꼴이더라고."

우리는 낄낄거리며 맥주를 들어 건배했다.

"그런데 넌 어떻게 애초에 그 따위 영어로 여기저기 막 들이댈 수 있는 거지?"

"내 영어가 어때서? 아, 너도 또 그 뻔한 발음 타령을 하려는 거냐?"

"발음만이 아니잖아."

구미코의 한마디에 우리는 또 웃음을 터뜨렸다. 그답지 않게 한참 뭔가를 생각하던 케이지가 말을 받았다.

"사실 내가 고등학교 때까지 유도를 했거든. 웬만큼 하는 선수들 사이에서는 힘이나 기술 차이보다 자기 자신에 대한 믿음에서 거의 승부가 결정되지. 자꾸만 실수할까 봐 겁내는 인간은 절대 이길 수 없는 세계거든."

"갖고 있는 게 별로 없더라도 일단 자신을 믿으라는 거야?"

"아니, 그보다 살면서 누가 무엇을 얼마나 모았느냐에 너무 신경 쓸 필요는 없다는 얘기야. 그쪽이

나 이쪽이나 한때는 모두 '베이비'였잖아."

"베이비?"

뜬금없이 왜 아기 이야기가 나오나 싶어 케이지의 얼굴을 쳐다보았다. 그는 더 설명할 생각이 없는 건지, 방법이 없는 건지 양 손바닥을 위로 펼쳐 보이며 썩 웃었다. 그때 이십몇 년 전, 너무나도 자신 있게 다다미방을 기어 다녔을 한 아기의 모습이 그의 거뭇한 수염 너머로 어른거렸다.

천진난만함. 나에게 진짜 필요한 것은 누군가에 대한 부러움이나 두려움 없이 눈앞에 주어진 것을 그저 받아들이는 아기 같은 천진함이 아니었을까. 외국어의 기술을 넘어서 인간과 인간의 소통에 가장 본질적 요소라는 게 결국 그런 거 아닐까. 내 생각에는 전혀 관심 없이, 여자친구는 결코 아니라는 구미코와 점점 경박하게 떠들어대고 있는 케이지를 보며 나는 그렇게 생각했다.

헤이, 똔 삐어 뿌시

나는 파주에 살고 있다. 대규모 아파트 단지가 있고, 밀집된 상가가 있고, 인공적인 느낌의 넓은 공원이 있고 광역버스와 지하철로 일산, 서울과 연결된다. 한국의 모든 수도권 신도시와 대체로 비슷한 모양새다. 그런데 5년 전 부천에서 파주로 이사 왔을 때는 북한에서 포격 훈련이라도 하면 친구들이 전화를 했다. 괜찮냐고. 물론 괜찮다, 그런 걸 왔다는 것도 지금 너한테 처음 듣는다고 말하면 적잖이 실망하는 눈치여서 나중에는 지금 여기저기 포탄 떨어지고 불나고 난리도 아니라고 해보았더니 시끄럽다며 전화를 끊었다. 애초에 왜 전화를 한 건지 모르겠다. 파주 아파트 단지 건너편에 국경이 있고 아침마다 북한방송이라도 들으며 살고 있는 줄 아는 것일까. 그런데 어머니가 살고 계신 미국 한인 사회로 시선을 옮겨보면 북한과 관계가 안 좋을 때마다 한국이 당장 불바다가 될 것처럼 생각하는 사람들이 실제로 있어 미리 계획된 제주 여행을 취소하거나 친지들에게 당분간 미국에 와 있으면 어떠냐고 전화하는 일이 벌어지기도 한다. 거기서는 대한민국 전체가 국경 지역으로 보이는 것이다.

존 레논은 아니지만 다 큰 어른이 되어가지고 선을 하나 그어놓고 여기는 우리 땅, 거기는 너네 땅

하는 국경 개념 자체가 애초에 우스운 일이다. 그런데 남들이 와서 그어놓은 선을 경계로 총을 겨누고 상대를 원망하면서 아등바등 대치한다는 것은, 그것도 육십몇 년째 그 일을 계속한다는 것은 이제 와서는 블랙코미디가 아니면 무엇인가. 애초에 선을 그은 자들도 그만둔 지 오래인 싸움이다. 자유로를 달릴 때마다 아름다운 강변을 막아선 철조망과 서늘하게 늘어선 초소와 농담이 아니라 실제로 그 초소에서 총을 들고 강을 향해 경계근무를 서는(강 건너는 김포 신도시다) 어린 군인들의 일분일초에 가슴이 답답해진다. 바보 같은 일이다. 그 친구들은 바로 그 초소 자리에 있었을 강변공원에서 여자친구와 맥주를 마시다가 노을이 내리면 키스를 할 수도 있었던 것이다.

아니, 북한 놈들이 쳐들어오려고 눈이 시뻘건데 무슨 소리를 하고 있느냐며 이런 안일한 인식에 화를 내시는 분도 계실지 모른다. 본래 좀 안일해서 죄송하다. 다만, 내가 하고 싶은 얘기는 국경이라는 개념이 인간의 인식이 얼마나 자의적인지를 상징적으로 보여주고 있다는 것이다.

국경에 대한 심각하고 위협적인 이미지와는 달리 안일하고 한가로운 국경도 많다는 것을, 나는 여행을 통해 알게 되었다. 그런 국경은 신분을 확인하고 도장을 찍어주는 간이 사무실이 있고, 설사 몇 명쯤 뒷길로 그냥 지나가도 귀찮아서 모른 체하는 사람들이 관리하고 있는데 그런다고 별 대단한 문제가 생기는 것도 아니다. 오히려 진짜 문제는 상상력의 부족이다.

앙코르와트 유적지 개발은 시골 마을 씨엠립을 캄보디아 제2의 도시로 탈바꿈시키고 있었다. 다양한 국적의 여행자들이 국기에 나오는 세 개의 탑이 그려진 티셔츠를 입고 앙코르와트 안내서를 손에 든 채 빈한한 거리를 돌아다녔다. 골목골목 작은 게스트하우스들이 들어서 여행자를 기다렸고 오토바이와 트럭택시는 그들을 이리저리로 분배하며 흙먼지에 매연을 더하고 있었다. 일그러진 마오이즘이 지배하던 공산국가에서 저개발 자본주의 국가로 외형을 바꾼 지얼마 되지 않은 캄보디아의 거리는 문을 열자마자 밀려들어온 외국인들 그리고 그들이 가진 돈과 문화적 영향력에 적잖이 당황하는 것처럼 보였다.

누군가 먼저 돈을 버는 모습을 보자 씨엠립의 농부들은 너도나도 여행 관련 업종에 뛰어들었고, 자정 능력을 갖춘 시장도 정부 규제도 거의 없는 통에 집 한편에 침대를 늘어놓은 수준의 게스트하우스들이 난립하고 있었다. 그리하여 자본주의 성장의 필연적인 단계로 공급자 간에 출혈 경쟁이 벌어지더니 급기야는 1달러에 조식 포함을 내거는 숙소들이 생겨날 지경이었다. 그 어디에서도 그 전이건 후건 그런 가격은 다시 보지 못했다.

씨엠립 외곽의 1달러짜리 게스트하우스 2층 베란다에서 어느 날 나는 한 남자에게 담뱃불을 빌렸다. 마누엘은 땅딸막한 체격에 까무잡잡한 얼굴, 매부리코에 부리부리한 눈을 가진 스무 살 멕시코인으로 검고 번들거리는 올백 머리에 펑퍼짐한 힙합 스타일 청바지를 입고 목에는 굵직한 금색 체인을 걸고 있었다. 영화 속 흑인 갱단 같은 영어를 구사했고 키는 작되 자아가 큰 사람들이 흔히 그러듯이 허리를 곧게 펴고 어깨에 힘을 준 약간 굳은 동작으로 어기적거리며 걸었다. 어릴 때 본 시골 읍내의 잘나가는 형 같은 분위기가 오랜만에 정겨웠다.

우리는 베란다에 기대어 서서 담배를 피우며 국적이니 나이니 하는 것들을 주고받으며 말문을 텄다. 그는 앙코르와트를 보러 왔다면서도 그 얘기보다는 근처에 있다는 '쿠울'한 힙합 바에서 일하는 여자들 얘기를 더 하고 싶어 했다. 그 얘기를 할 때는 앙코르와트 때와는 달리 하품도 하지 않고 눈을 빛냈다. 어찌나 사실적으로 표현을 잘하는지 만나보지도 못한 여인들의 어깨 너머 미소와 미묘한 몸동작이 내 머릿속에 그려질 정도였다. 꼭 한번 같이 가자고 했지만 결국 가보지는 못했다.

복도나 로비에서 마주칠 때마다 "에이 매앤 워 쓰어업" 하며 마누엘이 주먹을 내밀면 나는 할 수 없이 어색한 주먹을 뻗어 그의 주먹에 맞대는 인사를 해야 했는데 나중에는 점점 익숙해져서 꽤 볼품 있는 모양과 타이밍으로 인사를 할 수 있게 되었다. 그런 종류의 태도에는 나름의 전염성이 있는지 마누엘과 있다가 헤어지고 나면 왠지 내 걸음이 약간 건들거려지기도 했다. 어릴 적 동네에 하나 있던 극장에서 이소룡이 나오는 영화를 보고 나오는 길에 남자애들이 저마다 날카롭게 눈살을 찌푸리고 어깨에 힘을 잔뜩 준 채 건들건들 걸었던 것이 기억나 우스웠다.

그 후로 마누엘은 키와 덩치가 훨씬 크고 몸에 시꺼먼 문신을 새겨 넣은 불량해 보이는 백인 친구들과 줄곧 어울려 다니는 것 같았다. 그래서인지 처음 만났을 때의 친근한 느낌에 비해 우리는 같이 시간을 많이 보내지는 못했다. 말하자면 여행길에 서로 스쳐 지나가고 곧 잊힐 사이였던 것이다. 그러나 오랜 시간이 지난 지금 그는 어떤지 모르지만 나는 아직 그를 기억한다. 그냥 기억하는 게 아니라 나에게 상당한 영향을 끼친 인물로 기억하고 있다.

무슨 이야기 끝에 우리는 둘 다 다음에는 태국으로 간다는 걸 알게 되어 국경을 넘는 버스를 같이 타기로 했다. 당시 캄보디아의 도로나 차량의 사정이 좋지 않았기 때문에 미리미리 표를 확보해야 했고, 거의 하루를 꼬박 잡아먹는 먼 길에는 길동무가 소중했다.

출혈 경쟁의 산물인 1달러에 포함된 아침식사를 먹고 나서 짐을 둘러메고 오토바이 뒤에 실려 갔다. 버스정류장으로 가는 길은 재잘대는 새소리와 시원한 아침 공기에 들떠 있었다. 그러나 그것도 잠시, 예정 시간인 아홉 시가 되어도 버스는 출발할 생각이 없어 보였다. 아무런 안내도 없어 모두들 버스 근처에서 대기할 수밖에 없었다. 이윽고 당연하다는 듯 예정 시간을 두 시간 넘겨 출발한 국경 버스는 도로 곳곳에 움푹 파인 구멍을 피하느라 구불구불 달렸고 에어컨 구멍은 있지만 찬바람은 나오지 않았다. 열기와 흙먼지로 가득한 차 안에는 조용한 피로감이 깔려 있었다. 마누엘과 나도 가벼운 대화를 조금 나누다가 각자의 피곤에 빠져들었다.

모두가 지치기에 충분한 시간이 흐른 뒤 버스는 드디어 국경에 도착했다. 외국인은 모든 짐을 들고 버스에서 내린 뒤 캄보디아 쪽 출국사무소를 지나 5백 미터 정도를 걸어간 다음 태국 쪽 입국사무소 너머에서 기다리고 있는 버스로 갈아타고 나머지 구간을 가야 했다. 출국 심사는 헐렁했고 심지어 현지인들 일부는 무리지어 건물 뒤편으로 슬금슬금 가더니 여권을 보여줄 것도 없이 하나둘 길을 건너갔는데 어쩐지 국경 공무원들의 눈에는 그들이 전혀 보이지 않는 것 같았다.

　　마누엘과 함께 배낭을 메고 흙먼지 날리는 국경을 중간쯤 지났을 때 길 옆 수풀 사이로 뭔가가 눈에 들어왔다. 그것은 청량음료와 생수를 아이스박스에 담아 국경을 걷는 사람들에게 몰래 팔고 있는 행상들이었다. 총을 든 양국의 군인들이 지키고 서 있는 한가운데서 이래도 되나 싶었지만 무척 목이 말랐기에 우리는 음료수를 사서 벌컥벌컥 들이켰다.

　　"야, 정말 시원하다."

　　"국경을 건너다 말고 이런 걸 마실 수 있다니 더 맛있네."

　　"그러게. 멕시코에서는 사람들이 국경을 넘으려고 미친 짓도 많이 하는데. 버스 밑에 매달리고, 가

방에 실려 트렁크에 들어가고, 밤중에 철조망을 뚫고 뛰어가다가 체포되는 경우도 있지. 심지어는 아예 땅굴을 파는 녀석들까지 있다더라고."

"너도 가본 적 있어?"

"한 번 갔다 왔지."

"어떻게?"

마누엘은 어떤 기억이 떠오르는 듯한 눈빛으로 나를 보더니 이렇게 말했다.

"그런 것까지 묻진 마. 한 가지 분명한 건 거기서는 중간에 콜라를 팔진 않아. 어쨌든 저 사람들이나 우리나 다 먹고살려고 하는 일 아니겠어."

"그렇지. 근데 맥주는 없나?"

우리는 나머지 길을 걸어 태국에 도착했고 이내 버스를 찾아냈다. 태국 쪽 버스에는 분 단위까지 표시된 안내판이 붙어 있었는데 30분 정도가 남았기에 우리는 버스 뒤편 그늘에 서서 담배를 한 대씩 피웠다. 나는 아직 마시다 남은 음료수 캔을 들고 있었다.

그때 유럽계로 보이는 여행자 둘이 그늘을 찾아 우리 쪽으로 와서 담배에 불을 붙이더니 내게 대뜸 말을 걸었다.

"헤이, 그 음료수 어디서 샀어?"

"어, 국경 걸어오다 보니 풀숲에서 사람들이 팔

고 있더라고. 참 대단하지 않아?"

"그거 얼마 줬어?"

"1달러던가, 근데 왜?"

"야, 너는 그게 말이 되는 가격이라고 생각하냐? 씨엠립에서는 하룻밤 자는 데 1달러인데. 그런 음료수를 다섯 개는 살 수 있는데 말이야."

"어 좀 비싸긴 하지."

"다들 너처럼 음료수에 1달러씩 쓰면 여기 물가도 곧 다 올라버릴 거야. 게다가 몰래 국경에 들어와서 바가지 씌우는 사람들을 도와주면 안 된다고 생각해."

"그런가? 근데 음료수가 아주 차갑더라고."

"차갑다고 바가지를 인정해서는 안 되지."

농담이 통하지 않는 녀석이었다.

"오케이."

나는 갑작스레 형성된 적대적인 분위기를 풀어보려고 남은 음료수를 재빨리 다 마셔버리고 근처 쓰레기통으로 버리러 갔다. 사실 그런 습관적인 노력은 한국에서는 일상적인 문화이기도 했는데 뭔가를 강력하게 주장하는 사람들에 대해 더 센 반대 의견으로 받아치기보다 그냥 그 순간을 얼버무려 넘어가고 마는 것이다. 어차피 누가 죽고 사는 문제도 아니니까.

그러나 어쩌면 자기 의견에 대한 자신감이 충분치 않기 때문인지도 모르겠다. 그때였다.

"뭐? 1달러가 어쨌다는 거냐. 이 병신 같은 새끼야. 이 더운 날 시원한 음료수를 사 마실 수 있으면 행복한 줄 알아야지. 자기 나라에서는 찍 소리도 못하고 10달러씩 주고 사 처먹던 놈이 왜 가난한 나라 사람이라고 무시하고 지랄이야. 엉?"

금방이라도 주먹을 날릴 듯 상대에게 다가선 마누엘의 등은 곧게 펴져 있었고 목과 어깨에는 힘이 잔뜩 들어갔으며 눈은 처음 보는 섬뜩한 빛으로 번뜩이고 있었다. 생각지도 못한 기습에 깜짝 놀란 유럽인 두 명은 잠시 마누엘의 작은 키와 굵은 팔뚝 그리고 공격적인 기세의 조합을 가늠해보는 듯싶더니 애매한 반격을 시도했다.

"아니 그래도 방값이 1달러인데 좀 심한 건 사실이잖아."

"너 우연히 좀 잘사는 나라에서 태어났다고 뵈는 게 없는 모양인데, 저 사람들 저거 팔아서 애도 키우고 먹고사는 거야. 비싸면 안 사 먹으면 되지 왜 바가지니 뭐니 하며 떠드는 거야? 너처럼 남 생각은 하지도 않고 입만 나불대는 놈을 보면 확 보내버리고 싶어지니까 이제 꺼져."

"간다 가. 별 미친 놈 다 보겠네."

꿍얼거리며 두 녀석이 돌아서 사라졌을 때 나는 괜히 무안해져 아무 말 없이 마누엘을 쳐다보았다. 그러자 마누엘은 몸을 돌려 이번에는 내 양팔을 꽉 잡더니 갑작스럽게 멕시코 억양으로 말했다.

"헤이, 똔 삐어 뿌시.(겁쟁이처럼 굴지 마.)"

문화적 제어장치를 떠나서, 정치적 올바름을 떠나서, 남의 눈이라는 감시체계를 떠나서 나는 진짜 나의 삶을 살고 있었던 걸까? 뭔가에 맞붙을 때마다 그저 포기하고 피해버리며 살아온 것은 아닐까? 마누엘의 굵고 나지막한 목소리가 내 안에서 메아리치는 동안 나는 약간 전율했다. 생각 없는 동네 양아치 같던 그가 그 순간에 문득 내 정체성을 쥐고 흔들었다.

우리는 조용히 버스에 올라 남은 길을 달렸다. 두 나라 간 부의 차이를 증명이라도 하듯이 태국의 버스는 정해진 시간을 많이 넘기지 않고 출발했으며 에어컨도 제대로 나왔고 도중에 샌드위치와 오렌지주스를 나눠주기까지 했다.

이내 마누엘은 원래 모습으로 돌아가 이어폰을 꽂고 허죽거리며 힙합 가락에 맞춰 고개를 움직이며 건들대고 있었다. 나는 가만히 창밖을 바라보며 나의 지나온 길에 대해서 조금 생각했다. 그러다가 어느 순간 어깨에 힘을 주고 눈살을 찌푸린 채 마누엘의 눈 앞에 주먹을 내밀었다. 마주친 두 주먹은 말없이 서로 이해했으며 무뚝뚝하게 화해했다. 20년이 지난 요즘에도 나는 가끔씩 그 순간의 감각을 생각하며 나에게 되뇐다. 똔 삐어 뿌시.

세탁기를 멈추는 법

모두들 자고 있는 새벽, 혼자 막 잠에서 깨어나 떠나가는 잠기운과 스며드는 일상의 경계에 놓여 있을 때, 나는 내 머릿속을 오가는 생각이라는 존재가 어쩌면 나와 분리된 것이 아닐까 의심할 때가 있다. 생각의 들락거림은 일과 돈 또는 인간관계에 관한 것일 때도 있고, 미래의 계획이나 아니면 그저 의미 없는 기억의 조각들일 때도 있는데, 한 가지가 끈질기고 집요하게 머릿속을 파고들다가 문득 전혀 다른 것으로 대체되기도 하면서 숙주인 나를 정신적 육체적으로 완전히 소모시킬 때까지 계속된다.

어린아이를 다섯쯤 키우는 집의 세탁기처럼 내 머릿속은 일체의 휴식 시간도 허용되지 않는다. 그리고 그중 어떤 것은 위아래로 높은 진폭을 그리다가 가끔 일반적인 허용 범위를 넘어서기도 하는데 그때는 생각이 고통이 되고 만다.

불가에서는 세탁기를 가끔씩 멈추는 것을 명상이라 부르고, 완전히 코드를 뽑아 다시는 돌지 않게 된 상태를 깨달음이라 부르는 것 같다. 하지만 나는 그런 경지에 대해서는 잘 모르고 그저 어떤 생각으로 바닥까지 소모될 것 같으면 억지로 다른 생각으로 갈아타는 방법을 사용하며 괴로움의 시기를 버텨왔다.

그 버둥거림의 재료는 우연히 여행과 문학이었는데 어찌 보면 효과도 미미하고 늘 성공하는 것도 아니었지만 내 손에 잡히는 게 그 정도였으니 할 수 없다.

생각으로 괴로울 때 훌륭한 작품을 읽거나 자세한 여행 계획을 짜는 것은 약간이지만 도움이 된다. 자기 자신을 솔직히 드러낸 작품일수록, 여행 계획이 구체적일수록, 그리고 내가 찾은 곳이 좋은 게스트하우스일수록 더 도움이 된다.

괴로움의 진짜 원인일 생각을 완전히 없애지는 못하지만 덜 괴로운 쪽으로 대체하는 것은 어느 정도 가능하다는 개념은 당장의 불편을 없애는 데 집중하는 현대 약학의 대증요법과 어딘가 닮아 있다.

'당신의 위장병을 완전히 치료하기 위해서는 균형 잡힌 식단을 구성하여 매일 일정한 시간에 소량씩 먹되, 규칙적인 운동을 잊지 말고 스트레스는 반드시 피해야 한다'는 이야기는 물론 훌륭한 조언이겠지만 애초에 그것이 힘들기 때문에 위장병이 생긴 것인데 대체 어쩌란 말이냐 하는 생각도 든다. 그런 이유로 의료인과 환자 모두의 편의에 따라 각종 위장약이 만들어져 불티나게 팔려나가고 있는데 이번에는 그것이 근본적인 치료라기보다 일시적인 증상 완화일 뿐이라는 문제가 남는다.

　　우리는 그런 식으로, 언젠가는 근본적인 치료를 시도하리라는 마음을 품은 채 당장의 쓰린 속을 위장약으로 달래며 살아가고 있다. 나도 생각이 지나쳐 괴로울 때면 언젠가 고독한 수행자가 되어 모든 생각을 끊어버리겠다고 상상하지만 당장은 책을 읽고 여행하는 일에 의존하며 살아가고 있다.

　　그러면 대체 여행의 어떤 점이 나를 끌어당기는 것일까 스스로에게 물어보니 처음 떠오르는 하나가 리셋 기능이었다. 현재 당신을 괴롭히는 고민은 여행을 떠나 여기와는 전혀 다른 시간과 장소에 머물 때 짧게는 하루 이틀 길어도 일주일이면 사라진다. 물론 모든 고민이 완전히 사라지는 것은 아니고 다른 고민으로 대체되는 것인데 그다음과 그다음 마을에서도 그 과정은 반복된다. 그렇게 버티고 대체하며 시간을 보내는 동안 우리의 고민이란 게 영구적이지 않으며 사실 그다지 대단한 것도 아니라는 사실을 점차 느끼게 되는데 그것이 내가 말하는 여행의 리셋 기능이다.

　　그리고 그 기능이 손에 잡히는 형태로 실현되는 장소가 나에게는 게스트하우스인 것이다. 당신에겐 당신의 방법이 있을 것이다. 게스트하우스가 생각의 과부하로 인한 당신의 고통을 해결할 수 있다고 주장하려는 것도 아니다. 그러나 지금 당신의 그 괴로운 고민을 조금이라도 덜어낼 수 있다면 글쎄 결과야 어찌되든 일단 한번 시도해볼 만하지 않은가. 쉽게 손에 넣을 수 있는 작은 안심이 무엇보다 절실한 순간도 있는 것이니까.

하이트보다는

행복의 파랑새는 먼 곳에 있는 것이 아니라 지금 여기 그리고 내가 가진 것에 대해 만족하는 마음에 있다고들 말한다. 나이가 들수록 그런 류의 이야기를 자주 듣게 된다. 뜻대로 되지 않는 일을 여러 차례 겪으며 어느 선에선가 만족하지 않으면 삶이 고달프다는 것을 배우기 때문이겠지. 지금의 내 모습에 진정으로 만족할 수 있다면 당연히 행복할 것이다. 그런데 나는 그게 잘 안 될 뿐만 아니라 가끔은 그 대체물인 타협적 만족이 지겨울 때가 있다.

예를 들면 가격 대비 성능이다. 컴퓨터 스피커를 하나 사려고 검색을 해봐도 5천 원짜리부터 5백만 원짜리까지 다양한 스펙트럼이 펼쳐지는 세상이다. 모든 가능성을 다 검토하자면 끝이 없기 때문에 나는 습관적으로 최저가순 정렬을 선택하고 하나하나 살펴보기 시작한다.

몇 페이지를 넘기며 3만5천 원 대까지 살펴보았을 때 문득 이런 생각이 찾아온다. 이거 하나 사면 망가질 때까지 10년은 쓸 텐데 그냥 제일 좋은 걸로 사면 안 되나? 어쩌면 엄청난 소리가 나올지도 모르는데. 그리고 그걸 산다고 당장 먹고살 걱정을 해야 하는 것도 아닌데.

물론 내가 컴퓨터로 음악을 많이 듣는 것도 아

니고, 스피커의 미묘한 차이에 대해서도 잘 모르며 애초에 소리만 적당히 나오면 된다고 생각하고 시작한 일이기 때문에 결국은 후기가 많고 별점이 높은 2만3천 원짜리 일체형 스피커를 주문하면서 나는 나의 40년 인생을 돌아본다. 큰 관심 없는 품목이야 그렇다 치고 내가 좋아하는 책이나 여행상품을 알아볼 때도 가격이라는 선택 요소에서 자유롭지 못한 걸 보니 이 성향은 이제 아예 나의 일부가 되어버린 것 같아 생각할수록 쓸쓸한 기분이다.

예를 들어 남유럽 도시 근교의 아름다운 고택을 개조한 게스트하우스, 경관이 훌륭하고 아침식사도 제대로 나오며 다녀온 사람들의 평가도 하나같이 좋은 그곳의 더블 룸 가격이 30만 원이고, 좁지만 깔끔하고 편의시설들이 가까운 역 근처의 그저 적당한 게스트하우스가 10만 원이라고 할 때, 나는 선뜻 고택을 선택하지 못하고 괜히 이런저런 핑곗거리를 찾으며 역 근처를 기웃거리는 것이다.

물건을 살 때도 일단 가격을 먼저 확인하고 예상보다 비싸면 쉽게 포기한다. 그런데 아내는 성향이 좀 달라서 가격표에는 거의 관심을 두지 않는 것 같다. 디자인이나 성능이 마음에 들면 구입하고 마음에 들지 않으면 90퍼센트 세일을 해도 사지 않는다. 방금 사온 물건이 얼마였는지 물어도 난 그런 건 잘 모르겠다는 식이니 나로서는 답답하다. 아는 학교 선배 하나도 차를 너무나 좋아하여 어렵게 번 돈을 차에 다 써버린다. 그는 차 이야기만 나오면 제로백이니 핸들링이니 승차감이니 흥분하여 침을 튀기면서도 가격은 별 중요한 사항이 아닌 것처럼 말한다. 우리에게는 왜 그런 차이가 생겨났을까? 자라난 환경 탓일까, 타고난 성향 탓일까? 필리페 러쉬튼이라는 문화인류학자에 따르면 당장의 만족에 안주하는 것보다 만족을 지연할 줄 아는 성향이야말로 인류 진화를 이끌어 낸 가장 차별적인 요소라는데 과연 나는 그런 면에서만 과도하게 진화된 것인지도 모르겠다.

그런데 10만 원짜리의 적당한 게스트하우스에서 하룻밤을, 5천 원짜리 프랜차이즈 햄버거로 한 끼를 때우는 것보다 30만 원과 5만 원을 내더라도 가끔은 기억에 남을 곳에서 자고 만족스럽게 먹고 싶다는 생각이 요즘 들어 들기 시작한다. 얼마 전 이사를 하면서 옷장 속에 처박혀 있던 옷들을 정리했다. 세일한다고 하나둘 사두었다가 2년이 지나도록 거의 입지도 않은 것들이 꽤 있었다. 다양한 모양과 색깔로 이루어진 옷 무더기를 보니 여태껏 아무렇지 않았던 내 선택에 대한 자신감이 문득 움츠러드는 것이었다.

사십대가 되면 알게 모르게 앞으로 살아갈 날이 끝없이 남아 있지는 않음을 의식하게 되는 것일까. 그런 의식에 대한 반작용으로 어떤 사람들은 명품으로 온몸을 휘감고, 잘 쓰지도 않는 기능이 잔뜩 달린 커다란 차를 타고 다니거나 5백만 원짜리 스피커를 사서 볼륨을 높이는 모양이지만 다행히 내가 원하는 것은 아직 그 정도까지는 아니다. 오버하지 않고 내 취향에 맞는 최선의 선택을 원하는데 아무리 생각해봐도 결국 수혜 범위는 책과 여행 그리고 술 정도가 아닐까 한다.

여름 퇴근길에 갈색 페트병에 든 카스나 하이트보다는 크래프트 브루어리에서 맥주 장인이 만든 IPA로 목을 축이고 싶고, 삼겹살을 구울 때 소맥보다는 산딸기향이 진한 보르도의 까베르네 쇼비뇽을 곁들이고 싶은 것이다. 약간 관심이 생긴 소설가의 예전 작품을 찾아 알라딘 온라인 중고샵을 뒤지다가 못 찾으면 포기하는 게 아니라 당연하다는 듯 새 책을 주문하고 싶은 것이고, 마음에 드는 게스트하우스를 찾으면 4분의 1 가격인 지금의 방을 미련 없이 포기하고 옮기고 싶은 것이다.

그런 새로운 시도가 내 인생을 얼마나 더 풍요롭게 만들 수 있을지는 모르겠다. 내가 감당할 수 있는 수준에서 최고를 선택한다고 하더라도 세상에는 언제나 그보다 더 좋은 물건이 있게 마련이니 그저 욕심을 키우는 꼴이 될지도 모르고, 인간은 잘 변하지 않는다는 걸 증명이라도 하듯 얼마 지나지 않아 다시 80퍼센트 세일 딱지가 붙은 맘에 꼭 들지 않는 바지를 들고 계산대 앞에 설지도 모른다. 그러나 최고를 원하는 지금의 마음은 한동안 그대로 두고 싶다. 인간은 어떻게 해도 변하지 않는다는, 들을 때마다 힘 빠지는 개소리는 한 귀로 흘려버리고 나를 바꾸기 위해 조금 더 꿈틀대보고 싶다. 그것이 좋은 게스트하우스와 좋은 술, 좋은 인연으로 이어진다면 그리고 더 나아가 스스로를 알아가는 일로 이어진다면 버려진 내 옷 무더기도 아주 의미 없는 물건은 아닐 것이다.

여기까지 썼을 때 '딩동' 하며 택배가 왔다. 열어보니 나의 2만3천 원짜리 스피커다. 포장을 풀고 매뉴얼조차 필요 없는 그 간단한 물건을 컴퓨터에 연결한 뒤 음악을 틀어본다. '너 스스로를 정신적 노예 상태에서 풀어버리라'고 외치는 밥 말리의 목 쉰 소리는 스피커가 얼마짜리이건 여전히 강렬하게 나를 사로잡는다. 그 노래를 들으며 나는 최고를 원하겠다는 내 결심이 아주 오래가지는 못할 것을 예감하고 쓴 웃음을 짓는다. 알 수 없는 인생이다.

애플 드롭 게스트하우스

잔디가 깔린 정원에 커다란 사과나무가 있다. 탐스럽게 반짝이는 빨간 열매가 다닥다닥 달린 나무는 가지가 건물 2층 높이까지 시원하게 뻗어 있어 2층 복도를 지나다 손을 내밀면 그 찬란한 햇빛 덩어리를 만질수도 있다. 바람이 휘젓고 간 다음 날 아침, 사람들은 초록 정원 위에 떨어진 상큼한 빨간 열매를 나누어 먹는다.

15년 전 묵었던 그 게스트하우스를 다시 찾은 것은 거기서 보냈던 즐거운 순간들에 대한 기억 때문이다. 꽃과 잔디가 말끔하게 관리된 정원 한편으로 차고 맑은 물이 흐르는 도랑이 있고, 순박한 눈빛의 고용인 청년이 거기에서 방망이로 빨랫감을 내리치다가 손에 봉지를 들고 돌아오는 우리를 보고 웃어주곤 했다. 중년의 주인아줌마는 한 살배기 늦둥이를 안고 있다가 새로 들어오는 손님들에게 안아보게 했고, 아저씨는 뒷마당에 있는 오래된 건물을 수리하느라 바쁘면서도 욕실에 문제가 있다고 말하면 얼른 와서 고쳐주었다.

맑은 냇물이 흐르는 좁은 돌담 골목길을 꼬불꼬불 한참 걸어 들어가 나오는 그곳은 나무와 흙벽돌로 지어진 라다크 전통 양식의 집들이 듬성듬성 들어서 있고 그 사이로 색색이 싱그러운 채소밭이 있는 주

택가의 조용한 가족 경영 게스트하우스였다. 사실 레라는 도시 자체가 아주 조용했는데 해발 고도가 3천2백 미터나 되는 히말라야 산자락에 자리 잡은 탓에 여행자들이 쉽게 접근할 수 없었기 때문이다. 라다크는 헬레나 노르베리-호지의 『오래된 미래』라는 책으로 유명해졌지만 그리로 통하는 육로가 여름 두세 달만 열리는 데다 거기에 가려면 인도 정부의 허가서 발급이라든가 하는 복잡한 절차들이 있어서 2002년에만 해도 관광객이 별로 없었다. 그래서인지 거기서 만난 사람들끼리는 서로 묘한 연대감 같은 것이 느껴졌다. 사과나무 아래 잔디 정원에서 따뜻한 햇살을 쬐며 뒹굴대고, 이 나라 저 나라에서 온 친구들과 살구 씨를 까먹으며 수다 떨던 날들이 아직도 생생하다.

같이 간 여자친구는 그 게스트하우스에서 고산병인지 몸살인지를 앓았는데 어느 날 바나나가 꼭 먹고 싶다고 말했다. '바나나란 말이지' 하고 온 도시를 다 뒤졌으나 하필 그 지역 전체가 동맹파업을 하는 첫날이라 허탕이었다. 돌아오는 길에 어떤 할머니의 길가 좌판에서 집에서 딴 살구를 한 봉지 사다가 바나나 대신 쑥스럽게 내밀었던 기억이 있다.

15년 만에 다시 찾은 게스트하우스는 어째서인

지 이제는 한국인들이 모이는 숙소가 되어 있었다. 열 몇 개 있는 방에 모두 한국인 여행자들이 묵고 있었고 1층 한구석의 어두침침한 부엌에서는 저녁마다 된장찌개나 부침개 또는 라면 냄새가 풍겨 나왔다. 스태프들도 "방 있다", "없다", "오늘", "내일" 같은 간단한 한국말을 구사할 수 있었고 한국 노래와 드라마를 좋아한다고 말했다. 15년 전 한국인보다 훨씬 많았던 일본인 여행자들을 이제는 라다크 전체에서 거의 볼 수 없게 된 것과 마찬가지로 이상한 기분이었다. 이래서 나이 든 사람들이 "그러니까 예전에는 말이야" 하며 시작하는 이야기들을 지겹게도 하게 되나 보다.

마침 방이 딱 두 개 남아 있었다. 같이 간 선배와 나는 얼른 방을 하나씩 잡아 눌러앉았다. 짐을 풀고 샤워를 하고 정원에 나와보니 사람들이 모여 있었다. 대학생들과 선생님들이 있었고, 회사를 때려치우고 장기 여행을 온 사람들, 향신료에 관심을 가진 요리사, 인도 장신구를 사 모으는 디자이너, 털실로 인도식 가방을 만드는 사람 등 다양한 캐릭터들이 뒤섞여 있었다. 2층에서 1층으로 내려가는 코너에 있는 방에는 스님이 한 분 있었는데 연배가 비슷한 데다 소탈하고 장난스러운 면이 있어 우리와 금세 친해졌다. 사람들이 잘 따르는 편이어서 늘 열려 있는 그의 방은 젊은 친구들로 북적였다. 저녁 어스름에 그가 방문을 나서며 남도소리를 한 가락 뽑으면 우리는 괜히 양손으로 팔을 쓸며 저물어가는 소중한 하루를 아쉬워하곤 했다. '서른, 결혼 대신 야반도주'라는 이름의 블로그를 운영하며 그동안 모은 돈으로 2년 넘게 세계일주를 하고 있다는 여성 듀오는 이제는 돈이 거의 떨어져 약간이라도 상금이 걸려 있으면 물불 가리지 않고 공모에 응모하면서 귀국 전의 마지막 불꽃을 사르고 있었다.

긴 여행 덕분인지 평화로운 동네 분위기의 영향인지 게스트하우스에 모인 여행자들은 한국인 특유의 각박한 서두름도 없이 서로 음식과 정보를 나누고 매일같이 스님의 방에서 음악을 듣거나 정원에서 커피를 마시며 한가한 시간을 보내고 있었는데 우리도 자연스럽게 거기에 합류했다. 누군가 스님의 방에서 버너로 물을 끓이고 콩을 갈아 커피를 내리면 곧 그 향기를 맡고 퇴근길 버스정류장 치킨 집처럼 사람들이 하나둘 몰려드는 식이었다.

같이 간 선배는 재즈 음악을 하다가 지금은 사업가로 성공한 인물로 말수가 적은 편이었다. 예술적인 감성도 뛰어났지만 본래 합리적인 사고를 중시하는 인물이었다. 스님은 나와 동갑이었는데 유머 감각이 뛰어나고 삶과 죽음에 대한 이해가 깊었으며 다른 이에게 그것을 전하는 데 인색함이 없었다.

둘은 서로를 존중했고 같이 있는 것을 즐겼지만 어느 순간부터 생겨난 둘 사이의 미묘한 긴장을 나는 감지하고 말았다. 아마 서로의 세계관이 너무나 달랐던 것 같다. 사후에 벌어지는 정신세계의 일에 대해 스님이 부드럽게 설명하고 있을 때 선배가 웃음을 터뜨리고 말았던 순간과 선배가 사업상의 고민을 슬쩍 내비쳤을 때 그 문제가 잘 해결되거나 전혀 해결되지 않거나 결국은 다 꿈이 아니겠느냐며 스님이 미소 짓던 일이 생각난다.

나 자신이 막 새로운 사업을 시작하려던 무렵이었고, 오랫동안 정신세계의 오묘함을 겉핥기로 느껴왔던 터라 오가는 한마디 한마디가 나에게는 강렬한 지적 자극이었고 그곳에 묵는 동안 생각의 폭을 꽤 넓힐 수 있었다.

그렇게 일상을 많이 넘어선 게스트하우스의 나날을 보내다가 귀국할 날이 나흘쯤 남은 어느 날, 세계 일주 여성 듀오가 판공초 호수에 같이 놀러 가자고 제안해왔다. 다른 사람들은 단체로 호수에 다녀온 지 얼마 안 되어서 제안을 받은 멤버는 선배, 나, 스님 셋이었다.

　　판공초는 현지인들이 무척 아끼고 신성시하는 히말라야 봉우리 사이의 거대한 호수로 긴 직경이 130킬로미터나 되는 산속의 바다다. 류시화의 『하늘 호수로 떠난 여행』이라는 책의 소재가 되었고 영화 〈세 얼간이〉의 마지막 신의 배경이 되기도 했다. 빙하가 녹으며 흘러내린 물이 시시각각 초록빛과 푸른빛의 조합으로 끊임없이 변하는 마술 같은 풍경, 고개를 들면 시야를 가득 채우는 끝이 보이지 않는 광대함은 그저 보고만 있어도 경외감이 들 정도다.

　　오후의 따스한 햇살이 산을 넘어가자마자 냉기 섞인 찬바람이 하반신을 파고들던 어느 저녁, 우리는 호수에 가느냐 마느냐를 놓고 의견 조율을 시작했다. 처음에는 다 같이 가서 신나게 놀아보자고 이야기가 모아졌다. 제안을 해준 세계 일주 여성 듀오는 맑고 경쾌하고 위트 있는 친구들이어서 같이 놀면 재미있을 것 같았고, 그들의 세계 일주 이야기도 자세히 들어보고 싶었다. 쉽게 결정을 내리고 우리는 시내까지 걸어가 이틀간의 야영에 필요한 식량과 간식거리, 모닥불에 구울 고기와 맥주 그리고 독한 인도산 위스키를 샀다. 히말라야의 여름은 끝나가고 있었고 이제 밤이면 꽤 쌀쌀해 솜이불 아래 두꺼운 옷을 입고 자야 할 정도였는데 나는 무심코 반바지를 입고 장을 보러 갔다가 돌아오는 길에 살짝 한기를 느꼈다.

그런데 다들 돌아와 사랑방에 모였을 때 스님이 어렵게 말을 꺼냈다. 미안하지만 자신은 가지 않고 여기서 그냥 쉬었으면 좋겠다는 것이다. 얼마 후면 한국으로 돌아가야 하는데 그 추운 산골짜기로 들어가기보다 그냥 이대로 평화롭게 지내고 싶다는 이야기였다. 스님을 따르는 젊은 친구들이 적지 않아서 떠나기 전에 그들을 챙겨주고 싶은 마음도 있었을 것이었다. 그 말을 듣고 생각해보니 나도 오래전이지만 이미 한 번 가본 곳이고, 게스트하우스에서의 나날이 이미 충분히 즐거웠기에 좀 더 큰 즐거움을 찾아 고생길을 나서야 하나 잘 알 수 없는 마음이 들었다. 마침 그날 밤의 찬바람이 반바지 아래로 한 번 더 파고들었을 때 나는 스님과 게스트하우스에 남는 것이 좋겠다고 마음먹었다.

그때 선배가 말했다. 지루한 일상을 벗어나보려고 여기까지 찾아왔는데 이제 와서 물러서기에는 너무 아까운 기회 아니냐고. 지금은 힘들 것 같겠지만 라다크 최고의 풍경이 기다리고 있고 같이 가는 사람들도 재미있을 것 같으니 금세 모두 잊어버릴 거라고. 듣고 보니 과연 구구절절 맞는 말이었다. 새롭고 즐거워 보이는 일이 눈앞에서 벌어지려 하는데 조금 춥다고 도망칠 수야 없지 않겠는가. 이것은 가야 한다.

한참 뭔가를 생각하던 스님이 자기는 지금 허리가 좀 안 좋아서 아무래도 이곳의 평화로움과 편안함을 즐기는 쪽이 좋겠으니 그럼 자기 걱정은 말고 즐겁게 다녀오시라는 것이었다. 사실은 나도 전날 밤에 춥게 자고 나서 왼쪽 허리가 하루 종일 좀 뻐근했는데 비포장도로니 야영이니 무리하다가 남은 사흘을 망쳐버리면 어쩌나 듣고 보니 조금 걱정이 되기 시작했다. 몸이 아프면 재미고 뭐고 없는 것 아니겠는가. 무엇보다 게스트하우스에서 보내는 시간이 이미 충분히 즐겁기도 하고.

선배는 자기도 허리가 안 좋은 지 꽤 오래됐지만 그 정도야 놀다 보면 저절로 좋아지는 법이니 별것도 아닌 일로 빼지 말고 후회 없는 결정을 하자고 했다. 춥다고 이런 걸 안 가다니 자신은 도저히 이해할 수 없다는 것이었다. 역시 결단력이 있는 선배다. 하긴 내가 걸음이 힘든 노인도 아닌데 이 정도 추위로 재미를 포기할 수야 있나. 이것은 가야 한다.

그러던 중 이 한밤의 코미디를 몇 시간 동안 지켜보던 세계 일주 여성 듀오가 인내심을 잃고 완전히 질린 표정으로 말했다. 자기들은 이제 자러 가겠다고, 괜찮으니 꼭 가시지 않아도 된다고, 지금부터 다른 파트너를 찾아보겠다는 것이었다. 늙은이들이 심심해하는 것 같아 불쌍한 마음에 끼워주려 했더니 이게 도대체 무슨 꼴이람 하고 생각하는지도 몰랐다.

그들이 떠나자 우리는 더 이상 고민할 필요가 없어졌다. 방에 남은 셋은 서로를 쑥스럽게 쳐다보며 차를 한 잔씩 마셨다. 선배는 아쉬워했지만 그렇다고 혼자서 따라가고 싶은 정도는 아닌지 "그럼 판공초는 다음에 또 가지 뭐" 하고 말했다. 마음이 편한 것 같기도 하고 불편한 것 같기도 한 이상한 기분이었다.

그날 밤 차가운 침대에 솜이불을 덮고 누워 있을 때 이런 의문이 찾아왔다. '나는 어떤 인간이며 무엇을 원하고 있는 것일까? 왜 생각이라는 것은 주위의 의견에 쉽게 영향을 받고 시시때때로 변덕을 부리는 것일까?' 의문 때문인지 히말라야 여름밤의 추위 때문인지 아니면 창밖의 달이 너무도 밝아서인지 나는 오랫동안 잠을 이루지 못하고 뒤척였다. 그러나 한 가지 분명한 것은 내가 처음부터 끝까지의 그 모든 일들을 그리고 그런 일이 벌어지는 그 공간을 좋아하고 있다는 사실이었다. 나는 그 순간의 그 공간이 좋아서 어쩔 줄 모를 정도였다. 그 모든 것은 어쩌면 나에게는 꿈의 게스트하우스였던 것이다.

언젠가는 그럴지도 모르지만

사과가 떨어지는 마당이 있는 게스트하우스에서 사라져가는 햇살을 아쉬워하던 어느 오후의 일이다. 그때 우리는 2층 복도 한편에서 허리에 매우 안 좋을 것 같은 직각 나무의자에 앉아 딥 퍼플과 도어즈, 너바나 그리고 사비나 앤 드론즈와 혁오 밴드를 차례로 듣고 있었다. 누군가 백파이퍼라는 인도 위스키와 말아 피우는 담배를 구해 와 우리는 반쯤 누운 자세로 음악을 들으며 담배를 말아 나눠 피우고 콜라에 위스키를 타 마셨다. 테이블 위에는 초컬릿과 고소한 스낵 그리고 시나몬 롤 같은 것이 잔뜩 놓여 있었다. 몇몇은 담배를 피우며 음악에 맞춰 고개를 흔들었고, 몇몇은 흥을 이기지 못해 앉은 자리에서 춤을 추었다. 나와 선배는 거기에 모인 여남은 명의 핸드폰을 모은 다음 저장된 음악 중 들을 만한 것을 골라 음악이 끊기지 않도록 판을 돌렸다. 내가 가져간 휴대용 블루투스 스피커는 한쪽이 트인 2층 복도 전체를 쿵쿵 울리며 꽤 그럴듯한 소리를 내고 있었다. 마치 이십대 시절로 되돌아간 것 같은 느낌이었는데 나로서는 정말 기억도 희미할 정도로 오랜만에 느껴보는 종류의 해방감이었다.

처음에는 다른 숙박객이나 주인장 식구들에게 민폐가 되는 것은 아닌가 하여 볼륨을 낮게 조절했으나 주인아저씨가 음악이 좋다고 더 크게 틀어보라고 격려해주었고, 열린 방문으로 항의 대신 사람들이 하나둘 의자를 들고 나와 우리 쪽으로 모여들기에 신이 나서 볼륨을 높이 올렸다. "갑자기 웬 파티예요? 나도 좀 껴도 되죠?" 아무도 의도한 것은 아닌데 그냥 갑자기 그런 분위기가 되어버렸다.

저녁이 다가오고 있었지만 햇살은 아직 따뜻했고, 사과나무 가지 사이로 비치는 남색에 가까운 파란 하늘이 눈부셨다. 음악 사이로 여행 중 겪었던 재미있는 이야기가 하나둘씩 흘러나왔다. 우리는 웃고 웃고 또 웃었다. 어떤 것은 너무 재미있어서 웃었고, 어떤 것은 아무 재미가 없었는데 그 사실이 웃겨서 웃었다.

한두 시간쯤 흘렀을까 갑자기 웬 사내가 서편에서 비치는 햇살을 등지고 낡은 나무복도를 삐걱대며 우리 쪽으로 다가왔다. 못 보던 사람인데, 새로 들어온 여행자인가 하고 그를 보았다. 내 또래이거나 한두 살 더 많을 듯했는데 머리부터 발끝까지 알록달록한 등산복을 차려입었고 까무잡잡한 얼굴에는 선글라스를 끼고 있었다. 마른 몸에 키는 약간 큰 편이었으며 아랫배는 볼록했다. 북한산 아래 파전집에서라

면 세련되게 잘 차려입은 모습이었을 텐데 안타깝게
도 라다크의 게스트하우스에서는 지구인인 척하려는
화성인 같아 보였다.

"안녕들 하쇼? 아주 판이 벌어지셨구만."

그는 우리가 모여서 뭘 하고 있었건 전혀 상관
없으니 이제부터 자기에게 주목하라는 듯한 태도로
얼마 남지 않은 햇살을 등으로 가린 채 우리 앞에 섰
다. 문득 불 꺼진 동아리방 구석에서 새우깡에 소주
를 마시다가 체육 선생한테 들킨 고등학생 같은 기분
이 들었다.

"안녕들 하시냐고요. 아, 그 소리 좀 줄일 수 없
나."

그가 다시 한 번 큰 소리를 내자 몇 명이 "안녕
하세요" 하고 조그맣게 대답했다.

외모도 그랬지만 그의 태도에서는 어딘가 모르
게 배낭족들의 타락 실태를 점검하기 위해 박근혜 정
부가 파견한 검찰 간부 같은 분위기가 풍겼다. 시골
도로변에 '바르게 살자'라고 새겨놓은 커다란 바위를
볼 때와 같은 애매한 위화감이 그의 등 뒤에 떠돌았
다. 당장이라도 파란색 등산 점퍼를 벗고 왼쪽 팔뚝
에 찬 '바른여행문화정립 전국민운동본부'라고 쓰인
노란 완장을 내 보일 것만 같았다. 다들 비슷한 기분

이었는지 아무도 그에게 대꾸하지 않았고 커트 코베인만이 꺼져, 꺼져, 꺼지라고 목청을 높이고 있었다.

"아 자네들 내가 2주 전에 여기 묵었는데 혹시 김성동 씨라고 모르나?"

몰랐다. 알고 싶지도 않았고. 아무도 말이 없는 가운데 몇 명이 고개를 흔들었다. 그는 그제야 젊은 친구들 틈에 낀 우리 둘을 보았는지 선글라스를 벗고 선배와 내 쪽을 보며 말을 약간 높여 다시 물었다.

"아 저기요. 김성동 씨라고 왜 키 쪼그맣고 경상도 말 쓰는 양반 모르십니까? 여기 묵을 거라고 했는데. 내가 한 달 전에 여기 묵었는데. 저 아래쪽 코너 방에서 묵었지요. 아 저 소리 좀 줄일 수 없나."

물론 조금도 줄일 수 없다. 이놈아.

"모르겠습니다. 이 숙소에는 안 계신 것 같은데요."

"허어, 그래요? 그럴 리가 없는데."

나는 그제야 그가 좀 취한 상태라는 걸 알 수 있었다. 에미 애비도 몰라본다는 낮술. 하지만 그것이 변명이 될 수는 없었다. 취하기야 우리도 조금씩 취해 있었고, 파티 도중에 여러 명이 오고 갔지만 그렇다고 누구도 그의 등장과 같은 위화감을 풍기지는 않았으니까. 시간이 지나 아무도 김성동 씨를 모르고 알아봐줄 마음도 없다는 게 분명해졌는데도 그는 여전히 햇살을 막는 자리에 버티고 서 있었다. 모두들 그에게서 시선을 돌렸고 몇 명은 그 상황에 어이가 없는지 그를 보며 킥킥거리기 시작했다. 그렇지만 남자는 여전히 그 자리에 서서 날씨가 서늘해졌다느니 저 위 돌탑까지 걸어갔다 왔는데 참 좋았다느니 누구에게 하는지 알 수 없는 말을 중얼거리고 있었다.

결국 하는 수 없이 내가 일어섰다. 알렉산더에게 한 발만 비켜달라고 부탁하는 디오게네스는 아니지만 누군가 상황을 정리해야 했다.

"저 죄송하지만 지금 저희가 조그맣게 파티를 하고 있습니다. 찾으시는 분은 여기 안 계신 것 같으니 다른 숙소를 찾아보시는 게 어떨까요. 저 골목을 지나 오른쪽으로 가시면 숙소가 몇 개 더 있거든요."

그는 고개를 돌리더니 내려 낀 선글라스 너머로 나를 노려보았다. 나도 똑바로 서서 그를 노려보았다. 긴장감이 섞인 얼마의 시간이 흐른 뒤 그가 말했다.

"아 예. 잘 알겠습니다. 방해가 된다 이거군요. 그러시다면 저는 이만 가봐야지요."

그는 그제야 마지못해 돌아서 계단을 내려갔다. 그러나 약간 화가 났는지 우리에게 충분히 들릴 정도로 목소리를 줄여 중얼대는 일까지 참지는 못했다.

"아유 참 시끄럽네. 소리 좀 줄이지. 나라 망신이나 시키고. 쯧쯧."

그가 떠나자 우리는 어색해진 분위기를 다시 살리기 위해 음악을 바꾸고 모두들 잔을 들어 건배를 했다. 이게 무슨 상황인지 여전히 어리둥절하면서도 어쨌든 지나갔구나 생각하니 마음이 편했다. 평화로운 라다크에서 자유와 젊음을 만끽하던 도중 갑자기 '바른여행문화정립 전국민운동본부' 요원에게 목덜미를 잡혀 순간 이동으로 검찰청 조사실에 갔다가 겨우 되돌아온 느낌. 하지만 한편으론 이런 생각도 들었다.

어쩌면 김성동이라는 사람은 처음부터 없었는지도 모른다. 그 딴에는 그냥 우리와 친구가 되고 싶었는데 끼어들 다른 방법이 생각나지 않았는지도 모른다. 의자를 하나 비워주고 술을 한잔 따라주고 그가 원하는 노래도 틀어주고 재밌는 여행 얘기도 해보라고 부추겼다면 결국 그도 아주 정상적이고 심지어 좋은 사람이라는 사실이 드러났을지도 모른다. 하지만 그때 우리는 마더 테레사가 아니었다. 그 시간은 우리에게 너무나 소중하여 흙발로 밟고 들어오는 인간까지 환영할 마음은 생기지 않았던 것이다.

이내 코린 베일리 래가 '당신만의 음반을 틀어

요’ 하고 노래하기 시작했고, 모두들 그 남자에 대해서는 잊은 듯 파티는 다시 시끌벅적해지고 있었다. 그렇지만 나는 어째서인지 한동안 그에 대한 생각을 지울 수 없었다. 그것은 오래전에 헤어진 사람의 초라한 모습을 우연히 맞닥뜨린 것처럼 쓸쓸한 기분이었고 우월감이 배제된 측은함에 가까운 마음이었다. 아마 그가 나와 비슷한 연배라서였을지도 모른다. 그때 옆에 있던 선배가 다른 친구들에게는 들리지 않을 작은 소리로 나에게 이렇게 말했다.

"야 봤지. 조심해야 돼. 꼰대 되는 거 한순간이야. 우리도 이제 자칫하면 저렇게 되는 거야."

아, 그런가, 우리도 슬슬 그런 나이인가 하면서도 나는 아직 그런 위험성을 인정하고 싶은 기분은 아니었다. 하지만 생각해보면 나보다 열 살, 스무 살 어린 친구들과 뭔가를 얘기할 때 마지막에 가서 나도 모르게 내 의견을 강요하는 모양새가 되어버리거나 좋은 분위기에서 필살의 농담을 날렸는데 쓴웃음만 돌아오는 경우가 꽤 생겨난 요즘이다. 시간의 흐름은 때로 쓰디쓰다. 그렇지만 미리 겁먹을 것은 없다. 아무리 쓴 것이라도 막상 잔을 움켜쥐고 벌컥 들이켜면 대개 별것도 아니니까.

좋다. 언젠가 내가 꼰대가 되는 것이 인류 문화

의 발전을 위해 꼭 필요하다면 그렇게 되어야겠지. 그러나 지금은, 아직은, 최소한 이 순간만은 나만의 음반을 틀고 싶다.

지금 자기도 좀 위험하지 않나 생각하는 분이 계실 것이다. 자기 앞에 주어진 잔은 결국 자기가 마셔야 하는 법이겠지만 먼저 그 잔을 마시고 있는 사람의 마음으로 알려드리는 한 가지 방법은 게스트하우스에서 여러 사람들을 만나보는 것이다. 별 대단한 방법이 아니라서 죄송하지만.

그런 아침의 세계

전날 늦게 잠들었는데도 아침빛에 잠이 깬다. 빛에 예민한 나는 잠결에 안대를 찾아 베개 주변을 더듬거리지만 손에 아무것도 닿지 않아 결국 신음소리를 내며 일어난다. 남쪽 창으로 비치는 햇살은 벌써 한낮의 더위를 예고하고 있다.

지난밤 파스타와 파전을 해 먹고 늦게까지 같이 떠들며 놀던 친구들은 아무도 일어나지 않은 듯 게스트하우스는 조용하다. 하긴 먼 곳에서 닭 울음소리가 들리는 걸 보니 아직 아침이라기보다는 새벽에 가까운 것 같다. 오랜만에 커피가 한잔 마시고 싶다.

옆 침대에서 자고 있는 친구의 짐을 뒤져 원두 봉지와 휴대용 분쇄기와 이런저런 도구들을 주섬주섬 챙긴 뒤 사랑방으로 간다. 전기주전자를 찾아 물을 끓이고 콩을 갈고 필터를 찾아 헤매고 하다가 한참이 지나서야 뜨거운 커피가 담긴 머그잔을 손에 든다. 뜨거워서 커피 맛은 잘 알 수가 없다. 꽤 오래 부스럭거린 것 같은데 여전히 아무도 일어날 기미가 없어 나는 잔을 들고 정원으로 나간다.

미닫이문을 열자 아침이 한창이다. 시원하고 축축한 공기와 거기에 섞여 오고 가는 풀과 나무의 냄새, 아카시아 향기 그리고 뭐라고 표현하기 힘든 대기의 신선함이 나를 덮쳐온다. 담배꽁초와 덜 탄 종이 쪼가리들이 남아 있는 화로대 옆 의자에 앉아 담배를 말고 불을 붙인다. 습기 때문인지 너무 빡빡하게 말았는지 담배는 자꾸만 꺼진다. 꺼진 담배를 손가락에 끼운 채 경사진 숲과 게스트하우스 마당이 만나는 덤불 쪽으로 비척비척 걸어간다. 담배를 입에 문 채 바지 지퍼를 연다. 그림으로 그린 듯한 아침이다.

개운하게 오줌을 누고 커피 잔을 집으러 화로대 쪽으로 걸어가다가 문득 달팽이 한 마리를 발견한다. 작고 느린 달팽이는 꽃밭과 마당의 경계석 그러니까 버려진 것처럼 보이는 회색 시멘트 블록 한가운데를 막 지나는 참이다. 무엇을 찾아 어디로 가는지는 모르겠지만 꽤나 신중한 녀석이다. 끝이 동그랗게 되어 있는 더듬이 네 개가 쉴 새 없이 움직이고 있다. 위쪽의 더듬이 두 개는 길고, 아래쪽 두 개는 짧은데 더듬이들은 사방으로 쉴 새 없이 움직이다가도 가끔 알 수 없는 것에 닿으면 몸속으로 쑥 빨려 들어가 없어진 것처럼 되기도 한다. 유연하고 촉촉한, 바쁘게 공간을 탐색하는 네 개의 더듬이는 그러나 바로 앞에 쭈그려 앉은 인간의 존재까지 탐지하지는 못한다. 달팽이의 더듬이로 알 수 있는 것은 달팽이의 세계뿐이다.

달팽이는 끈적끈적한 몸통을 바닥에 딱 붙인 채

움직이지 않는 것처럼 움직이는데 녀석이 지나간 시멘트 블록 위에는 신비롭게 빛나는 은빛 자국이 남는다. 가는 곳마다 체액을 꼼꼼히 바르느라 그리도 느린 것인지 모른다. 블록 하나를 다 지나는 일은 아직도 까마득하지만 그러고 보니 늘어선 시멘트 블록마다 구불구불한 은빛 줄무늬가 햇살에 비쳐 반짝이고 있다.

　한참 후 달팽이는 블록 끝에 거의 다다른다. 거기에는 완전히 새로운 세계가 펼쳐져 있다. 억센 잎과 삐죽삐죽한 작은 꽃, 거친 열매들로 가득한 잡초들의 세계다. 이제까지와는 전혀 다른 방식으로 나아가야 한다. 더 위험을 껴안고 더 에너지를 소모하면서 더 천천히. 그러나 달팽이는 조금도 망설이지 않고 바로 앞에 있는 냉이 줄기에 온몸을 휘감는다. 냉이 줄기가 무게를 버티지 못하자 그 옆에 있는 강아지풀 위로 몸을 던진다. 물론 달팽이의 속도로 보면 그렇다는 얘기다.

　나는 쭈그리고 앉은 채 생각한다. '저기, 있잖아. 네가 지금 가려고 하는 그 길 말인데. 내가 위에서 쭉 보니까 그 방향으로 가면 하루 종일 기어도 아무것도 없을 거야. 연한 잎사귀도, 축축한 진흙 목욕탕도, 분홍빛 도는 껍질을 가진 귀여운 암컷 달팽이도. 그냥 메마른 흙과 돌이 깔린 길뿐이야. 게다가 아무래도 새들에게 들킬 가능성도 높고 가끔씩 자동차까지 지나간다고. 괜찮겠어? 네가 좋아할 만한 논은 정확히 반대쪽에 있는데 말이야.'

달팽이는 나의 텔레파시 조언에는 조금도 아랑곳하지 않고 자기 마음대로 간다. 젊고 패기 있는 녀석이다. 나는 연한 흙 색깔을 띤 소용돌이 모양 껍질에 검은색 점이 다섯 개 나 있는 그 달팽이를 속으로 조금 응원한다. 그때 옆을 지나가던 개미 한 마리가 달팽이를 툭 건드려보더니 뭔가를 잠깐 재보고 나서 그대로 지나쳐간다. 달팽이가 올라타 넘어가보려고 애쓰고 있는 풀잎 밑에는 까맣고 맨들맨들한 공벌레가 열심히 땅을 뒤지고 있다. 거기서 30센티미터쯤 떨어진 곳에서는 지렁이가 똥을 누고 있다. 그러나 그들 중 누구도 나의 존재를 전혀 의식하지 않았다. 그런 아침의 세계였다.

참새라도 한 마리 나타나면 갑자기 끝이 오고 말 그 세계는 언뜻 연약해 보이지만 온 세상을 촘촘히 뒤덮고 있다. 어렸을 때는 개미나 달팽이 같은 것에 끌려 엄마가 뭐 하냐고 부를 때까지 하염없이 바라보는 것을 좋아했는데 참 오랜만의 재회다.

나는 손가락 사이에서 잊고 있던 담배에 다시

불을 붙이고 꽁초와 종이 부스러기들이 쌓인 화로대 쪽으로 걸어가 부서져가는 하얀색 플라스틱 덱체어에 천천히 몸을 눕힌다. 하늘을 본다. 나는 아직 아픈 곳도 없고, 젊은 데다가 이렇게 담배도 피울 수 있으며 저쪽으로 손을 뻗으면 아직 온기가 남은 커피 잔까지 손에 넣을 수 있다. 더 무엇을 바라고 달리는 걸까? 그토록 친숙했던 세계마저 이토록 오래 잊고서.

　　새 지저귀는 소리가 잦아들고 햇살이 따가워지기 시작한다. 이제 곧 아침의 기운도 가시고 사람들이 깨어나겠지. 그리고 어디서부터 어떻게 손을 대야 할지 알 수 없는 게스트하우스의 하루가 시작될 것이다. 아무런 당위도 그 어떤 책임도 없는 맑은 아침 같은 하루가.

피하고 싶은 게스트하우스

게스트하우스에 대한 애정은 잘 알겠으니 잠시 접어두고 단점이나 피해야 할 사항 같은 것도 좀 언급해야 공정한 글이 되지 않겠느냐는 아내의 의견이 있었다. 다른 사람의 의견은 거의 참고하지 않는 편이지만 이번에는 어쩐지 자꾸만 신경이 쓰인다. 좋아하는 게스트하우스에 대한 나의 자세는 기본적으로 국가대표 축구경기 관전과 비슷하다. 애초에 공정성을 염두에 두지 않는다는 얘기다. 상대의 태클에 우리 편 선수가 나동그라지면 피가 거꾸로 솟아 당장 스포츠맨십의 타락이니 옐로우론 약하고 레드라느니 소리를 지르다가 잠시 후 상대편이 넘어지면 이번에는 정확히 공을 보고 들어간 태클 내지는 상대의 할리우드 액션이 되는 법이다. 아무리 들어봐도 알 수 없는 그 애매한 판정 기준에 대한 것은 잘 모르겠고 아무튼 자연스럽게 심정적으로 그렇다.

　나로서는 이와 다른 국가대표 축구경기 관전법이 있다는 것은 잘 상상되지 않는다. 열심히 했는데도 질 수는 있다. 그러나 마지막 5분을 남겨두고 페널티 에어리어에서 우연히 손에 스친 공을 심판에게 달려가 솔직하게 고백하는 경기가 있다면 생각만 해도 끔찍하다. 그런 경기는 보고 싶지 않다. 그것이야말로 바쁜 와중에 일부러 시간을 내 치킨과 맥주를 준비하고 텔레비전 앞에 앉은 나의 노력에 대한 모독이 아닐까.

그런데 아내의 의견이 계속 신경 쓰이는 이유는 뭘까 곱씹어보니 여행에는 축구와 확실히 다른 부분이 있었다. 우선 축구는 사냥이나 전쟁과 같은 무리의 집단성을 대변하는 게임으로 사회 적응 과정에서 거세된 인간의 원시적인 욕망과 관계 있는 것이지만 게스트하우스는 취향이라는 개인성에 의존한다는 차이가 있다. 그리고 축구 관람은 일종의 가상 체험으로 순간적으로 감정을 발산하는 것으로 끝나지만 여행은 그보다 지속적인 실상이라는 점이다. 싫어도 다음 날 그다음 날이 있기 때문이다.

특별한 게스트하우스는 아닌데 우연히 같은 시기에 거기에 묵게 된 사람들이 좋았다고 좋은 게스트하우스라고 말한다는 것은 어떻게 보아도 객관적이지 못하다. 아직도 왜 꼭 객관적이어야 하나 하는 의문이 전혀 없는 것은 아니지만 혹시 이 책이 베스트셀러가 될 경우 수많은 사람들에게 의도치 않은 피해를 줄 수도 있으므로 이번에는 나의 자세를 고치기로 한다. 결국 아내의 코멘트에도 일리가 있었던 것 같다. 그리고 이렇게 공정하고도 객관적인 반성을 할 수 있게 된 것을 보니 나도 나이만 먹고 있는 게 아니라 약간은 인간적으로 성숙해가고 있는 모양이다.

　　게스트하우스를 고를 때 시설 상태나 다른 사람의 평가보다는 도착했을 때의 느낌을 우선으로 치기 때문에 친구들 사이에서 나의 추천은 객관적이지 않기로 유명하다. 그러나 말했다시피 이 책이 베스트셀러가 될 수도 있기 때문에 언제까지나 나의 취향에만 의존하고 있을 수는 없다. 그래서 특별히 마음을 다잡고 객관적으로 꼭 피해야 할 게스트하우스의 정보를 정리해본다. 피해야 할 게스트하우스를 골라내는 나의 기준은 세 가지다. 고속도로 옆인 경우, 빈대가 있는 경우, 유령이 나오는 경우.

　　우선 트럭들이 으르렁대며 달리는 고속도로변의 게스트하우스. 당연한 얘기겠지만 시끄럽다. 본격적인 기계의 굉음이 쉬지 않고 밀려들어온다. 게다가 그곳이 인도라면 으르렁대는 정도로 끝나지 않고 귀청을 뚫어버릴 듯한 경적 소리까지 추가된다. 나는 소음에 약해 시끄러운 곳에서는 좀처럼 깊이 잠들지 못하기 때문에 나에게 그런 곳은 그야말로 지옥이다. 밤새도록 잠을 전혀 자지 못할 때도 있다. 아무리 시설이 좋아도 그런 곳은 사양이다. 다른 여행자와 놀고 싶어도 어차피 손님도 별로 없다. 드르렁 드르렁

코를 고는 트럭 운전사들뿐이다. 그런데 여기까지 쓰고 보니 반드시 객관적이라고 하기는 힘든 정보가 되고 말았다. 귀마개라는 것도 있고, 시끄러운 데서 잘 자는 사람도 있으니 그런 숙소가 영업을 하고 있겠지. 어쨌든 나는 싫다.

다음은 빈대다. 영어로는 'bed bugs'라고 부른다. 뭔가 집착하고 있는 것 같지만 이번에는 확실히 객관적인 정보다. 기대해도 좋다. 빈대가 있는 침대에서 자고 나면 반드시 빈대가 옮겨 붙는다. 빈대가 옮겨 붙으면 상당히 괴롭다. 자동차 소음처럼 폭력적이지는 않지만 한번 붙으면 좀처럼 떼어내기 힘들고, 괴로움의 정도가 차츰차츰 더해가며, 어찌어찌 떼어낸다고 해도 정신적 외상이 남는다. 한국에 돌아와서도 가끔씩 몸이 근질거릴 때마다 혹시 하며 가슴이 덜컹 내려앉는 것이다. 또 다른 형태의 지옥이다.

고문으로 치자면 각목을 마구 휘두르는 다혈질 쪽이 도로변, 손톱 밑이나 항문, 귓속 같은 예민한 부분을 어찌고저찌고 하는 악질 쪽이 빈대가 되겠다. 빈대 뜯긴 경험이 없는 분을 위해 설명하자면 신체적으로는 매일 일정하게 20~30군데씩 모기에 물리는 상황, 정신적으로는 아무리 노력해도 그것을 피할 방법이 없는 상황을 생각하면 된다.

우연히 마음에 드는 여자를 만나 이야기가 잘 흘러가고 있는데 갑자기 팬티 속의 빈대가 생각나면 기분이 어떨 것 같은가. 숙소를 옮길 때마다 내가 빈대를 옮기고 다니지 않나 싶어 괜히 움츠러들고 게스트하우스 주인에게도 눈치가 보인다. 좋은 점이라고는 하나도 없다. 이전엔 꽤나 싸구려 여행을 다녔기 때문에 여러 번 빈대가 옮겨 붙어 보아서 잘 아는데, 경험 삼아 한번 겪어볼 필요조차 없는 일이다. 객관적으로 공정하게 장담한다.

다행히 옮겨 붙기 전에 빈대가 살고 있는 침대를 판별하는 방법이 있다. 우선 방을 고르러 갔을 때 방이 있다고 덜컥 돈부터 꺼낼 것이 아니라 주인에게 방을 먼저 볼 수 있는지 묻는다. 그 방이 한국 기준으로도 깔끔해 보이고 침대 시트가 얼룩 없는 흰색이라면 보통 문제가 없다. 그렇지만 싸구려 숙소의 침대 시트는―시트가 있다면 말이지만―진한 원색과 다양한 꽃무늬의 조합인 경우가 많다. 빈대가 있는지 알아보는 첫 번째 방법은 조용히 방을 보는 척하다가 갑자기 달려들어 베개를 확 들추는 것이다. 벼룩들이 머물기 좋아하는 곳이 베개 밑이기 때문인데 거기에 거무튀튀한 뭔가가 움직이고 있다면 더 볼 것도 없다. 다만 이 방법을 잘못 사용하면 방을 보여주러 온 주인 쪽에서 이상한 놈이 왔다고 겁을 먹을 수 있으니 적당히 조심해야 한다.

다음에는 시트를 손으로 쓸어보며 혹시 벌레 터뜨린 자국 같은 것이 있나 살펴보고 이어서 침대 옆 벽면에서 같은 자국을 찾아본다. 모기 잡은 자국과는 달리 피의 번짐이 좀 더 크고 본격적인 쪽이 벼룩 자국이다. 세 가지를 꼼꼼히 보았는데 모두 깨끗하다면 일단 안심이다. 그렇게까지 했는데도 빈대의 희생물이 된다면 그것은 그냥 운명이라고 생각할 수밖에 없겠다. 그때는 위로가 될지 모르겠지만 삶의 긍정적인 면을 보도록 하자. 빈대에 물린다고 죽지는 않는다. 가끔씩 죽고 싶은 생각이 드는 정도다.

여기까지 쓰고 보니 이래도 게스트하우스에 묵을 테냐 하는 이야기처럼 되어버렸는데 그런 것은 아니다. 사람들에게 공정하면서도 객관적인 정보를 전하고 싶은 내 마음은 진심이다. 이제 마지막으로 유령이다. 객관적은커녕 점점 이상해지는 것 같지만.

게스트하우스에서 자다가 유령 비슷한 것을 본 적이 한 번 있다. 캄보디아의 수도 프놈펜 북부에 벙깍 호수라는 지역이 있다. 거대한 호숫가 한 귀퉁이에 나무와 널빤지로 수상가옥을 짓고 게스트하우스를 운영하는 마을이 있었는데 내가 도착했을 때는 성수기여서 방을 찾기가 힘들었다. 한참을 돌아다니다가 마을 끝에서 우연히 빈 방 하나를 찾았다. 다른 방들과 떨어져 있고 약간 좁긴 했지만 호수 바로 위라 운치 있는 물소리도 들리고 가격도 저렴하기에 얼른 방을 잡았다. 그런데 방에 묵는 동안 이상하게 잠자리가 뒤숭숭한 것이었다. 악몽도 자주 꾸고. 처음엔 피곤해서 그런가 보다 했는데 어느 날 좀 친해진 숙소 종업원이 실실 웃으면서 물었다. 그 방에 가끔 유령이 나오는데 괜찮냐고. 그때는 나를 놀리려는 것으로 생각하고 같이 웃고 넘어갔다. 그런데 놀리는 것만은 아니었던 모양이다.

며칠 후 어느 밤, 깊이 잠들지 못하고 뒤척이다 깜박 잠이 든 나는 한밤중에 이상한 기척을 느끼고 문득 깨어났다. 방 안은 좁고 어두웠지만 창으로 희미한 달빛이 새어 들어오고 있었다. 그런데 침대 발치 의자에 뭔가가 앉아 있었다. 그것은 왼편에 있는 창을 향하고 있는 것처럼 보였다. 사람은 아니었다. 더 작고 가늘었는데 말랐다기보다는 형태의 경계가 희미한 것처럼 느껴졌다. 악몽 때와는 다르게 딱히 나에 대한 적의가 느껴지지도 않았다. 그냥 앞뒤로 약간씩 흔들거리면서 거기에 앉아 있을 뿐이었다.

　나는 잠에서는 깨어났지만 일어날 수가 없었다. 몇 번 시도해보았는데 아무래도 몸이 움직여주지 않았다. 처음엔 무섭다기보다 더 자고 싶고 귀찮은 마음이 강했다. 그러다가 점점 무서워지기 시작했다. 그 무언가가 곧 내 쪽을 보고 다가올 것만 같은 생각이 들었다. 크게 뜨지도 못하고 살짝만 열린 눈은 알 수 없는 힘에 고정되어 움직일 수가 없었다. 꽤 오래였던 것 같기도 하고 얼마 아닌 것 같기도 한 시간이 흐르고 내 안의 무서움이 극에 달했을 때 나는 할 수 없이 눈을 꼭 감았다. 눈을 감았더니 발에서 머리 쪽으로 전류가 흐르는 듯한 느낌이 들었다. 그 느낌은 주기적으로 다가왔다가 사라졌다.

　거의 체념에 가까운 마음으로 그 전류에만 집중하고 있던 어느 순간, 몸속에서 시작된 전류가 갑자기 엄청나게 확장되더니 발뒤꿈치에서부터 몸을 타고 올라와 정수리 부근에서 펑 하고 터지는 것이었다. 순간 모든 생각이 사라지면서 한동안 온몸이 찌릿찌릿했다. 아주 기분 좋은 섹스에서만 얻을 수 있는 절정의 감각을 한 열 배쯤 확장해놓은 것 같은 느낌. 당연히 무서움 따위의 사소한 것은 온데간데없이 사라져버렸다. 그대로 죽은 듯이 잠이 들어 오랜만에 늦은 아침까지 푹 자고 일어났는데 몸이 아주 개운했다. 그런 기억이다.

결국엔 몸이 가뿐해질 정도로 잘 잤고 유령 같은 것은 이후 다시 보지 못했지만 다시 그런 방에서 자보고 싶냐고 물으면 그렇지는 않다. 물론 이제는 그 일을 떠올려도 '진짜 그런 일이 있었던 걸까. 그냥 가위에 눌렸던 걸까' 하는 정도가 되어버렸다. 다시 그런 순간과 마주치면 어떨까 물어도 그건 그때 가서의 일이니 알 수 없다. 그래도 굳이 따지자면 역시 나는 혼자 자거나 인간과 자는 쪽이 좋다. 잠을 잘 자기 위해서는 모든 경계를 내려놓아야 하는데 내가 부처님도 아니고 유령에게까지 경계를 내려놓을 수는 없기 때문이다.

근본적인 속성을 따져보면 게스트하우스는 결국 잠을 자는 곳이다. 일상이건 여행이건 잘 자기 위해서 소음, 빈대, 공포 같은 것을 피하는 것은 당연한 일이고 나처럼 그것을 꼭 겪어보고 나서야 알 필요는 없다. 그러나 우리는 여행이라는 특수한 경험 앞에서 때로 아기처럼 순진해질 때가 있기 때문에 이런 뻔한 정보도 조금은 도움이 될지 모른다.

이렇게 피해야 할 세 가지 유형의 게스트하우스에 대한 객관적인 정보를 공유함으로써 전체적인 공정성도 어느 정도 확보한 것 같은 느낌은 드는데 어쩐지 계속 허전하다. 아무래도 나는 그런 것과 관련 없는 세계에 너무 오래 빠져 있었던 것 같다.

좋은 게스트하우스를 만나는 일에는 좋은 친구를 찾는 일처럼 어느 정도 운도 필요하다. 찾는 도중에 좋지 않은 경험들과도 맞닥뜨릴 수 있다. 그러나 어쩌면 그렇기 때문에 더 매력적인 것이고 그렇게 생각하면 빈대에 뜯기는 일도 완전히 헛되지만은 않다. 한 가지 확실한 사실은 포기하지 않으면 언젠가 반드시 만나게 된다는 것. 그때 우리가 만나는 것은 공정성과 객관성을 넘어선 어떤 세계일 것이다.

우리 집 게스트하우스

수없는 상상과 기대를 품고 개업한 첫 약국이 1년도 채 못 가 문을 닫고 나자 남아 있는 것은 갚아야 할 대출금과 짐 꾸러미 몇 개 그리고 중고로 산 스펙트라 한 대뿐이었다. 쓸쓸한 가을이었다.

아등바등한 끝에 나는 아무 연고도 없는 평택 시내 뒷골목의 작은 가게를 시세보다 낮은 가격에 인수하게 되었고 여자친구와 함께 작은 아파트를 하나 구했다. 죽도록이라고 할 만큼은 아니지만 어느 정도 절박한 마음이었다.

캠프 험프리가 위치한 안정리는 한국 민간인과 미국 군인이 섞여 살아가는 기지촌이었다. 그리고 우리가 구한 아파트는 입주자의 반 정도가 한국인이 아니었다. 안정리의 진광 무지개아파트는 평소에는 조용한 시골 분위기이다가 주말만 되면 미국 슬럼가처럼 변신하는 곳이었다. 금요일 오후부터 베란다마다 풍겨 나오는 바비큐 냄새와 한껏 볼륨을 올린 힙합 음악으로 단지가 들썩들썩해지는 그 변신은 토요일 밤 수많은 파티의 괴성으로 정점을 이룬 후 일요일까지 계속되다가 월요일 아침이면 다시 시골 아파트로 돌아온다. 토요일 밤마다 기어코 싸움이 벌어져 뭔가 깨지고 부서지는 소리, 멀리서 아련히 퍼지는 'f'와 'k' 위주의 원어민 회화를 무료로 들을 수 있다. 늦은 토요일 밤에 조용하면 오늘은 또 언제 시작하나 하면서 괜히 창가를 서성거리게 되었다. 그때 자주 들었던 "유락석킨노라잎머더뻐킨" 어쩌구 저쩌구 하는 문장은 아직도 비슷하게 흉내를 낼 수 있을 정도다.

우리 아파트 담장 너머로는 넓디넓은 평원이 펼쳐져 있었다, 면 좋았겠지만 거기 있는 것은 미군 기지였다. 그곳으로부터 구보니 사격훈련이니 전투기니 하는 것들의 소음이 우리 집을 향해 새벽이고 뭐고 쟁쟁 울려 나왔다. 외지 사람들이 굳이 살러 찾아올 만한 곳은 아니었는데 사정을 모르는 우리가 우연히 거기에 다다랐던 것이다. 하지만 상당히 저렴했고, 넓었고, 나름대로 재밌는 점도 있어 나는 그 아파트를 좋아했다.

몇 달 지내며 보니 한국인 주민들과 미군들은 서로 친하게 지내지도, 그렇다고 크게 다투지도 않고 서로 소 닭 보듯 지내고 있었는데 우리도 곧 그런 분위기에 젖어들었다. 군인들의 아침 구보, 소총과 박격포 사격훈련 소리에 익숙해지게 되었고, 매일 새벽닭 울음 대신 군용 헬리콥터 소리에 잠을 깨는 것이 자연스러웠다. 인간은 필요하면 어떤 환경에도 적응할 수 있다는데 주머니 사정이 빠듯할 때는 더욱 그런 것 같다.

그런데 근처에 마음 편히 마시러 나갈 만한 곳도 없는 데다가 거의 모든 친구들이 살고 있는 서울 근교를 떠나본 것이 처음이어서 어쩔 수 없는 외로움이 있었다. 그래서 주말마다 친구들을 부르는 버릇이 생겼다. 평택이라는 곳이 아주 멀지는 않지만 어쩐지 쉽게 오게 되지는 않는 곳이라서 친구들은 오면 꼭 자고 갔다.

　　손님이 꽤 드나들게 된 어느 날 작은 방 하나를 손님용으로 꾸몄다. 밝은 상아색 벽지에 바닥에는 파란색 시트가 덮인 싱글 매트리스를 놓았다. 조그만 책상에는 컴퓨터와 소설이 몇 권, 책상 위쪽 벽에는 발리에서 사온 남녀의 그림을 걸었다. 그 반대편 벽에는 낡은 옷장이 자리 잡았다. 그 조그만 방은 그래도 우리 집에선 제일 조용한 공간이었다. 친구들이 막 첫 차를 구입하던 무렵이라서인지 먼 거리에도 불구하고 첫해 여름에는 주말 손님이 끊이지 않고 찾아왔다.

　　처음 찾아온 이들은 고등학교 친구들이었다. 준이, 균우, 원호, 태현이, 동기, 성규, 복흠이. 서른을 넘은 지 얼마 안 된 우리는 모이자마자 별다른 인사도 없이 공을 챙겨 들고 근처 체육공원으로 향했다. 우선 농구를 하고 그다음 족구를 하다가 나중엔 축구를 했다. 우리는 오랜만에 다리가 후들거리도록 이리저리 뛰고 뒹굴었다. 초여름의 긴 해가 넘어갈 때까지, 온몸이 미끈거리는 땀으로 뒤덮일 때까지. 농구를 하고 있을 때 미군 몇 명이 와서 시합을 했는데 복흠이의 대활약으로 우리가 아슬아슬하게 이겼던 기억이 난다. 몸은 녹초여도 편안하고 기분 좋은 저녁. 그냥 재밌어서 하는 그런 운동은 몸을 만든답시고 애써 체육관에 나가는 것에 비해 정신적 에너지 충전에는 분명 더 도움이 된다. 게임에 이겨서인지도 모르지만.

기분 좋게 집으로 돌아온 우리는 단지에 울려퍼지는 바비큐 냄새에 실린 미군들의 힙합 음악에 질세라 김건모의 음반을 크게 틀어놓고 삼겹살을 구웠다. 현관 앞으로 갈색과 초록색의 병들이 빠르게 쌓여갔다. 처음 담임을 맡은 태현이의 초등학교 이야기, 준이와 성규가 새로 옮긴 직장의 정신 나간 상사이야기, 첫째 딸 재롱이 무엇보다 달콤하다는 원호와 여자친구와 헤어지고 말았다는 균우, 새 차를 산 복흠이와 어느새 아이돌 그룹에 빠삭해진 동기의 이야기들이 두서없이 터져나와 흘러갔다. 나는 고기를 굽고 계란말이를 부치고 라면을 끓여내면서 틈틈이 이야기에 끼어들었다. 외로움은 어디서부터랄 것도 없이 흐물흐물 녹아내리고 있었다.

그다음 주말에는 인도에서 만났던 현욱이와 주마, 승은 누나가 찾아왔다. 한동안 여행 이야기를 하다가 결국 여행에서 만난 여자며 남자 이야기로 이어졌다. 원 나잇 스탠드부터 결혼을 생각하는 사이까지. 그러던 것이 어찌어찌 영화 이야기로 이어지더니 어느새 우리는 맥주를 한 병씩 들고 손님방에 모여들어 오래전 우리 모두를 열광시켰던 영화 〈트레인스포팅〉을 틀어놓고 둘러앉았다. "미래를 선택하라, 인생을 선택하라, 직업을 선택하고, 경력을 선택하라, 가족을 그리고 거대한 텔레비전을 선택하라, 세탁기를, 자동차를, 시디플레이어와 자동 깡통 따개를 선택하라…." 전자음악을 배경으로 나직이 읊조리는 저 유명한 독백을 우리는 함께 듣고 따라 하고 있었다. 영화가 끝나고 나서도 이야기는 계속 흘러나왔다. 어째서인지 그 밤에는 이야기들을 도저히 멈출 수 없었고 결국 새벽의 헬리콥터 소리가 아침을 깨울 때까지 우리는 잠들지 못했다.

다음에는 이전에 같은 약국에서 근무하던 친구들이 찾아왔다. 수경 누님은 후배를 데려왔고, 영신은 남편을 데려왔으며 은경 누님은 새로 사귀기 시작한 시인을 데려왔다. 같이 술을 마시던 중 문득 시인 남자친구가 일어서더니 주머니에서 종이를 주섬주섬

꺼내 들었다. 모두가 무슨 일인가 싶어 시선을 고정하자 그는 은경 누님에 대한 자작시를 낭송하기 시작했다. 어쩐지 만취한 상태로 목사님의 장황한 설교를 듣는 기분을 떨칠 수가 없었다. 나는 꽤 오래 노력했지만 시인의 떨리는 목소리가 절정으로 치달으며 "남들이 뭐라 해도 우린 지금 정점에 서 있다" 하는 대목에서 도저히 참지 못하고 웃음을 터뜨리고 말았다. 엄숙하던 분위기는 망가져버렸고 갑자기 모두들 웃음이 터져 배를 잡고 뒹굴기 시작했다. 그 뒤로는 정점이니 종점이니 하는 농담들이 이어졌는데 다행히 시인은 기분 나빠하지 않고 같이 웃었다. 아마 우리는 행복했던 것 같다.

그다음 주에는 미국에서 어머니가 오셨다. 여자친구는 어딘가로 여행을 떠나고 나와 어머니 둘이서 한 달을 지냈는데 저녁마다 시시콜콜한 집안 이야기며 나 어릴 때 자라던 이야기, 사고 쳤던 이야기들을 실컷 들었다. "엄마는 손님이시니까 머무는 동안 집안일은 아무것도 하지 마세요. 내가 다 할 테니 푹 쉬세요" 하고 시험 삼아 말해보았더니 어머니는 간단히 알겠다고 하셨다. 곧 두 사람 몫의 밥이며 빨래, 설거지가 꾸준히 밀려들었는데 좀 귀찮긴 하지만 그렇다고 대단히 힘든 것은 아니었다. 다만 내가 어릴 적

늘 모든 걸 챙겨주던 어머니에게 힘들지 않으시냐고 물어보면 당신은 집안일이 좋아서 하는 거라고 했던 말들이 모두 거짓말이었음을 그때야 알게 되었다. 그 한 달 동안 어머니는 실제로 집안일에 손도 대지 않으셨다. 누구에게나 다른 사람을 챙겨주는 일은 귀찮고 힘든 일인데 그런 당연한 걸 왜 몰랐을까 뒤늦게 돌아보았다. 그리고 거기에서 교훈을 얻어 다시는 그런 제안을 쉽게 내뱉지 않게 되었다.

어머니를 공항버스 정류장에 모셔다 드린 주말에는 미국으로 유학 갔다가 서른에 한국으로 돌아와 군대를 마친 뒤 다시 대학에서 공부를 하고 있는 약대 동기 청수가 놀러왔다. 도대체 언제까지 공부를 할 셈이냐는 물음에 그는 그러게 말이라며 웃었다. 청수는 술을 마시지 않았기 때문에 우리는 같이 텔레비전을 보고 동네를 산책하면서 이야기를 나눴다. 10년이 넘는 유학 생활의 외로움도 그의 수다를 어쩌지는 못한 것 같았다. 오히려 강화시킨 면조차 있었다. 하지만 수다의 내용이 늘 다른 사람을 배려하며 끝나기 때문에 때때로 지루할 수는 있어도 마음이 불편하지는 않은 게 그의 수다 특유의 매력이었다. 이제 공부는 적당히 좀 하고 좋은 여자나 사귀어보라고 충고하자 그는 전에 없이 진지하게 "그럴까" 하고 작게 내뱉었는데 그 말을 듣자 이상하게 쓸쓸한 기분이 들었다.

그 여름은 그렇게 지나가고 있었다. 주중에는 일을 하고 주말이면 집에서 손님을 맞는 날들이 흘러가면서.

어느 날, 나는 거실에 누워 책을 읽다가 문밖에서 "헬프! 헬프!" 하고 외치는 소리를 들었다. 절박하게 들리는 여성의 음성이었다. 슬쩍 현관문을 열어보았더니 복도 저편에서 고등학생쯤 되어 보이는 동남아계 여성이 빨간 원피스를 차려입고 '헬프'를 외치고 있었다.

"무슨 일이죠? 도와 드릴까요?"

"네, 제가 방금 집에 들어오다가 지갑을 떨어뜨린 것 같은데 아무리 찾아봐도 없어서요. 한국말도 못하고 어떻게 해야 할지 모르겠어요. 지금 제가 급하게 어디를 가야 하는데 지갑이 없으니."

자세한 사정을 들은 뒤 나는 그녀와 함께 관리실로 찾아가 빨간색 장지갑을 찾고 있다는 한국어와 영어 안내방송을 부탁했다. 그리고 차비로 쓰라고 돈을 조금 빌려주었다. 그녀의 이름은 줄리라고 했다. 그날 밤, 여자친구와 늦은 저녁을 먹고 있을 때 초인종이 울려 나가보니 줄리였다. 옆에는 그녀만큼이나 어려 보이는, 키가 크고 마른 체형의 백인 남자가 맥주 한 상자를 들고 서 있었다. 우리는 그들을 거실로 들여 차를 대접하고 인사를 나누었다.

　고등학교를 졸업하고 일자리를 찾던 제이슨은 911 테러가 터져 미국이 쑤셔놓은 벌집처럼 되었을 때 텔레비전을 보다가 갑자기 나라를 위해 뭔가 해야 겠다고 결심하고 스스로 군 모집관을 찾아가 자원입 대했다는 애국 청년이었다. 그 이야기를 할 때 그는 스스로에게 약간 감동한 표정을 지었다. 그러나 굳은 결심을 한 인간들이 너무 많았는지, 테러리스트와의 전투를 상상하고 입대한 그가 막상 배치된 곳은 아무 런 상관도 없는 대한민국의 한 시골 마을, 전투기를 청소하고 광내는 임무를 맡게 되었다는 것이다. 비슷 한 무렵 고등학교를 졸업한 필리핀 여성 줄리는 노래 하고 춤추는 것을 좋아해 마닐라의 클럽에서 댄서로 일하다가 한국 사장에게 스카웃되었다. 한국에서 일 할 수 있다고 해서 드라마에서 본 멋진 클럽을 기대하 고 왔더니 안정리였다는 것이었다. 과정이야 어찌 되 었건 중요한 것은 줄리와 제이슨이 여기에서 만나 사 랑에 빠졌고, 곧 결혼을 앞두고 있다는 사실이었다. 그들은 우리와 말하는 중에도 서로 잡은 손을 놓지 않 고 있었다. 우연으로 흘러든 타국에서 우연히 마주친 스물셋, 스물둘의 결혼이라. 뭐 안 될 것은 없지 않겠

나. 세상일은 참 알 수 없는 방식으로 흘러가기도 하니까. 그런 일이 주변에 있으면 결과가 좋고 나쁘고를 떠나서 일단 흥미롭다. 우리는 그들의 결혼이 잘되기를 빌어주었다. 하기는 돈도 없이 결혼 전에 같이 살고 있던 우리야말로 자기 앞가림이 필요한 처지였다. 빨간색 지갑은 나중에 욕실 바닥에서 발견되었다고 한다.

그 일을 계기로 제이슨과 줄리는 우리 집에 자주 찾아오게 되었다. 저녁 늦게 군납용 맥주를 사들고 찾아오거나 요리를 하다가 소금이나 설탕을 빌리러 오거나 우유를 끓여서 만들었다는 필리핀식 캐러멜을 먹어보라고 갖고 왔다. 나중에는 별일도 없이 거의 매일 들르게 되었고 가끔 다른 미군 친구들까지 데리고 왔다.

처음에는 젊은 동네 친구들과의 새로운 만남이 꽤 즐거웠다. 하지만 그런 일이 몇 번이고 계속되자 좀 지치기 시작했다. 하루 종일 약국에서 일하고 주말마다 서울에서 찾아오는 친구들도 대접해야 했기 때문이다. 게다가 초반의 신선한 느낌이 가시고 나자 제이슨과의 대화는 이상하게 지루해지고 있었다. 그것은 우리가 서로 다른 나라 사람이라서라기보다 별다른 공통점 없는 삼십대 남자와 이십대 남자가 너무 자주 만날 때 생길 법한 지루함이었다. 그는 911 사태에 애국심이 불타올라 입대를 했지만 나는 911의 조작 가능성을 주시하는 편이었고, 나는 시간이 나면 소파에 뒹굴거리며 책 읽는 걸 좋아했지만 그는 학교를 졸업하는 순간 책을 끊었다는 사나이였다. 내가 듣는 음악은 언니네이발관이나 델리스파이스, 롤러코스터 같은 류의 그루브 팝이었는데 제이슨은 헤비메탈을 들었다.

　　주말에 찾아온 친구들이 돌아가자마자 제이슨이 찾아와서 밤늦게까지 놀다간 어느 일요일 밤, 손님방 컴퓨터 앞에서 밀린 서류 작업을 하다가 문득 이런 생각이 들었다. 이건 꼭 내가 게스트하우스 주인이라도 된 거 같구나. 끊임없이 손님이 찾아오고, 그런데도 가능한 대화의 범위는 한정되어 있고, 거의 같은 내용을 여러 번 반복해서 말할 수밖에 없으며, 사람들을 대접하고 치우는 일은 결국 내 책임이다. 게스트하우스를 운영하는 것과 무엇이 다른가. 차이점이라고는 돈이 벌리지 않는다는 것 정도다.

　　외로워서 사람들을 불러놓고 이제 와서 무슨 소리냐고 할지 몰라도 솔직히 지겨울 때가 있었다. 찾아오는 사람이 소중하고 반가운 마음은 분명히 내 것이었지만 내 속에 그 마음만 있는 것은 아니었기 때문이다. 그 후로 주말이 와도 사람들을 초대하는 횟수가 점점 줄어들었고 제이슨과 줄리에게도 일이 바빠져서 자주 만날 수 없게 되었다고 알아듣도록 말했다.

지루한 약국 일에 지쳐 퇴근하는 차 안에서 내가 꾸었던 꿈은 이런 것이 아니었다. 한적한 시골 마을에 작은 게스트하우스를 운영하면서 찾아오는 손님들과 느긋하게 즐기며 살아갈 수는 없을까. 조그만 텃밭을 가꾸고, 닭을 기르고, 적게 벌어 적게 쓰면서 충만한 삶을 살 수는 없을까 했던 것인데. 언뜻 소박해 보이지만 아무래도 그리 간단한 일은 아닌 모양이었다. 자고 갈 손님이 반복적으로 찾아온다는 것, 서로 영향을 주고받는 만남인데 내가 그것을 통제할 수 없다는 어색함은 약을 조제하고 설명하고 판매하는 일 만큼이나 일상성을 벗어나지 못하는지도 모르겠다.

굳이 게스트하우스를 열어놓고 찾아온 손님에게 틱틱거리며 냉정하게 대하던 몇몇 이해할 수 없던 주인들의 마음도 그때는 약간 알 것 같은 기분이었다. 반면 몇 년째 게스트하우스를 운영하면서도 손님들에게 마음을 열고 편안하게 대할 줄 알던 주인들이 얼마나 대단한 일을 하고 있었는지도 생각할 수 있게 되었다. 우리는 안 보면 보고 싶고, 옆에 오래 있으면 떠나 보내고 싶은 사람들과 함께 살아가고 있다. 결국 문제는 내 마음이란 걸 알고 있지만 그 조절이 잘 안 되는 것이 인간관계의 어려움이겠지.

요즘도 파주 우리 집에는 손님이 많다. 나의 친구, 아내의 친구, 아이들의 친구가 번갈아가며 찾아온다. 아무래도 우리 가족은 사람을 좋아하는 천성을 타고난 것 같다. 그렇지만 안정리 미군기지 옆 무지개아파트 202호 게스트하우스를 3년간 운영하고서 내가 배운 것은 사람들과 즐겁게 놀면서도 필요한 만큼 거리를 둘 줄 알아야 한다는 점이다. 너무 멀리 있어도 가까이 붙어 있어도 숲을 이루지 못하는 나무처럼, 서로 찾아가 만나지만 자기 영역은 목숨 걸고 지키는 범처럼. 아무래도 앞으로 나는 게스트하우스를 운영하기보다 찾아가 즐기는 데서 나의 정체성을 찾아야 할 것 같다.

제이슨은 제대에 맞추어 줄리와 결혼했고, 함께 텍사스로 돌아가 살고 있다고 한다. 이후 나는 평택을 떠나 부천으로 갔다가 지금은 파주에 살고 있는데 당시의 여자친구와 지금은 결혼을 했다. 여전히 가끔씩 그 아파트에서의 일들을 생각한다. 그 무지개처럼 잡을 수 없던 색색의 사건들을, 귀를 울리던 헬리콥터의 소음을, 어디론가 사라져버린 소중했던 순간들을. 나의 게스트하우스가 그곳에 있었다.

나를 만든 세계, 내가 만든 세계
'아무튼'은 나에게 기쁨이자 즐거움이 되는,
생각만 해도 좋은 한 가지를 담은 에세이 시리즈입니다.
위고, **제철소**, **코난북스**, 세 출판사가 함께 펴냅니다.

아무튼, 게스트하우스

초판 1쇄 2017년 9월 25일
초판 3쇄 2021년 2월 25일
지은이 장성민
펴낸이 이재현, 조소정
펴낸곳 위고
제작 세걸음
출판등록 2012년 10월 29일 제406-2012-000115호
주소 경기도 파주시 회동길 290 206-제5호
전화 031-946-9276
팩스 031-946-9277

hugo@hugobooks.co.kr
facebook.com/hugobooks

ⓒ장성민, 2017

ISBN 979-11-86602-31-7 02810

이 도서의 국립중앙도서관 출판예정도서목록(CIP)은
서지정보유통지원시스템 홈페이지(http://seoji.nl.go.kr)와
국가자료공동목록시스템(http://www.nl.go.kr/kolisnet)에서
이용하실 수 있습니다.(CIP제어번호: CIP2017023511)